广雅

聚焦文化普及，传递人文新知

广　大　而　精　微

故事里的中国 4

三国英雄

公孙策 著

GUANGXI NORMAL UNIVERSITY PRESS
广西师范大学出版社
·桂林·

三国英雄
SANGUO YINGXIONG

图书在版编目（CIP）数据

三国英雄 / 公孙策著. --桂林 : 广西师范大学出版社，2023.9
（故事里的中国 ; 4）
ISBN 978-7-5598-6307-2

Ⅰ. ①三… Ⅱ. ①公… Ⅲ. ①历史故事－作品集－中国－当代 Ⅳ. ①I247.81

中国国家版本馆 CIP 数据核字（2023）第 156685 号

广西师范大学出版社出版发行
（广西桂林市五里店路 9 号　邮政编码：541004
网址：http://www.bbtpress.com）
出版人：黄轩庄
全国新华书店经销
广西广大印务有限责任公司印刷
（桂林市临桂区秧塘工业园西城大道北侧广西师范大学出版社集团有限公司创意产业园内　邮政编码：541199）
开本：787 mm × 1 092 mm　1/32
印张：10.5　　字数：208 千
2023 年 9 月第 1 版　　2023 年 9 月第 1 次印刷
定价：62.00 元

序

心境决定行动

读历史、写历史、说历史那么多年下来，一项重要心得是：同一个人在不同时空、不同心境之下，会做出不同的决定，采取不同的行动（包括不决定、不行动）。即使此人性格恒常不善变，仍会因时空、氛围甚至健康状况而做出“异常”决定或举动。

袁绍为什么不接受沮授“奉天子以讨不臣”的建议？刘表为什么不采纳蒯越偷袭曹操后方的计策？曹操为什么对张松冷淡，而失去取蜀先机？他们都做出异于各自性格的决定，而做出异常决定的原因，都是“小事情”。这些小事造成了历史的偶然，但偶然往往改变了历史。易言之，“人物心境”是那么的关键。因此，体会人物心境当然应该是读历史的重点之一。

史学家赵翼言：“人才莫盛于三国。亦惟三国之主，各能用人，故得众力相扶，以成鼎足之势。”是以本书以人物串接故事，突显三国时代的特色。

公孙策

目录

序 | 心境决定行动 i

(一) 皇帝刘宏公开卖官 1

(二) 巫医张角 4

(三) 许劭品曹操 7

(四) 治世之能臣，乱世之奸雄 10

(五) 张温养虎遗患 13

(六) 刘焉割据四川 16

(七) 外戚杀宦官 19

(八) 袁绍引狼入室 23

(九) 董卓进洛阳 26

(十) 汉献帝刘协 29

(十一) 宁教我负天下人 32

(十二) 韩馥让冀州 34

(十三) 郑泰牵制董卓 38

(十四) 曹洪助曹操脱险 41

(十五) 刘虞不当傀儡天子 45

(十六) 公孙瓒争幽州 48

(十七) 刘关张赵兄弟帮 51

(十八) 孙坚战死 54

㉝ 流浪天子回洛阳 101
㉞ 袁绍错失良机 106
㉟ 袁术称帝，自我感觉良好 109
㊱ 曹操迎天子 112
㊲ 郭嘉弃袁绍投曹操 115
㊳ 孔融失北海 118
㊴ 吕布辕门射戟 121
㊵ 祢衡击鼓骂曹 124
㊶ 张绣宛城大挫曹操 127
㊷ 陈珪父子弄吕布 130
㊸ 张绣善于纳谏 133
㊹ 曹操杀陈宫，吕布骂刘备 137
㊺ 太史慈与孙策，英雄惜英雄 141
㊻ 公孙瓒自焚，袁术吐血而亡 144

61 曹操不记旧怨 194
62 田畴助征乌桓 198
63 三顾茅庐 202
64 隆中对 205
65 孙权击斩黄祖 208
66 刘表死，荆州降 211
67 赵云长坂坡救阿斗 214
68 孙刘联手抗曹 217
69 东吴主战将领周瑜 220
70 火烧赤壁 223
71 蒋干游说周瑜 228
72 士别三日，刮目相看 231
73 凉州军阀败散 234
74 张松引刘备入蜀 237

十九 刘表据有荆州 57
二十 公孙度割据辽东 61
二一 程昱——慧眼识曹操 64
二二 吕布刺杀董卓 67
二三 蔡邕一声叹息 71
二四 凉州兵变 74
二五 奉天子以令不臣 77
二六 陶谦截杀曹嵩 80
二七 张邈叛曹迎吕布 83
二八 典韦临危之戟 86
二九 麋竺迎刘备，陶谦让徐州 89
三十 孙策出走 92
三一 吕范整饬军纪 95
三二 关中内战 98

四七 曹操对袁绍：『十败十胜』 148
四八 郭图、审配进谗，袁绍分散兵权 151
四九 凉州诸将坐山观虎斗 154
五十 韩嵩直言，刘表犹疑 157
五一 董承阴谋刺曹，刘备出走 160
五二 袁绍再失良机 164
五三 关羽斩颜良 167
五四 许攸阵前倒戈 171
五五 官渡之战 174
五六 孙权即位 179
五七 『鼎足三分』之策 182
五八 袁家兄弟阋墙 185
五九 曹操得利 188
六十 李孚骗曹操 191

七五 独坐穷山，放虎自卫 240
七六 有断头将军，无降将军 243
七七 刘璋拱手让益州 246
七八 曹操孙权对峙 250
七九 曹操逼死伏皇后 253
八十 孙权遣诸葛瑾讨荆州 256
八一 曹操得陇不望蜀 259
八二 张辽力守合肥 262
八三 东吴『兄弟治国』 266
八四 贾诩高招定王储 269
八五 煮豆燃豆萁 272
八六 杨修死于小聪明 275
八七 藏在牛车里的高级智囊 278
八八 关羽水淹七军 281
八九 陆逊扮猪吃老虎 284
九十 曹操锐气消 287
九一 关羽兵败 290
九二 曹彰奔丧 294
九三 张飞遇刺 297
九四 曹丕羞辱于禁 300
九五 孙权身段柔软 303
九六 夷陵之战 306
九七 白帝城托孤 310
九八 联吴制魏 313
九九 七擒七纵 316
一百 孙权称帝 320
后记 323

㊀ 皇帝刘宏公开卖官

《三国演义》开宗明义说“天下大势，分久必合，合久必分”，然后直接切入东汉末年，以桓帝刘志禁锢士人（党锢之祸），宠信宦官为祸乱之源。桓帝之后是灵帝刘宏，他在任期内经历了青蛇入殿、雷雨冰雹坏屋、地震、海啸、雌鸡化雄、山崩等灾异。

刘宏下诏征询群臣，为什么会发生这些灾异？议郎（顾问官职，位阶不高，但掌管顾问应对，因此可以参与朝政）蔡邕（yōng）上疏认为是宦官干政所致。结果宦官们找了一个理由，将蔡邕罢职，放归田里。

仅由此事来看，灵帝应该是个昏君，事实却不尽然。

汉桓帝时，重校五经文字，并且用古文（蝌蚪文）、篆书、隶书三种字体，刻在四十余片石碑上，竖立于太学门外。全国各地的人都来参观抄写，每天有千余车辆，塞满洛阳城大街小巷。这石碑就是有名的“熹平石经”，负责主持三种文字书写的就是蔡邕。

在此之前，护羌校尉段颎（jiǒng）率军平定西北方羌族叛乱，斩杀三万八千余人，威震西域。之后北方鲜卑进犯，护乌桓校尉夏育出征，兵败，但随后辽西太守赵苞平定乱军。

易言之，桓帝、灵帝在位期间，文治、武功都有政绩，东汉帝国完全看不出有败亡的迹象。

直到汉灵帝开始卖官。

汉灵帝在皇家园林西园设立“西邸”，公开出卖官爵，所有官职都有一定价码：二千石（郡太守等级）二千万钱，四百石四百万钱。依正常法令和正规渠道升迁的官职，只有三分之一到一半，也就是有一半到三分之二的官职是要卖钱的。没有现金者甚至可以分期付款，先赊欠部分，就任后，照原价“加倍奉还”。不难想象，这种官吏肯定贪赃枉法努力弄钱。

而位阶比较高的官职，如三公与九卿，就得有高层关系才买得到。不过由于有关系，价码还比较优惠：三公一千万钱，九卿五百万钱。

这才是东汉帝国快速衰败的直接原因。宦官干政、外戚弄权、士人结党都还只是洛阳权力中枢的坏现象而已，一旦有半数以上的郡守、县令都以贪污为能事，地方上老百姓可就苦了。等到民怨累积到相当程度，就爆发了人民起义，我们现在称之为黄巾起义。

【原典精华】

初开西邸卖官，入钱各有差：二千石二千万；四百石四百万；其以德次[1]应选者半之，或三分之一；于西园立库以贮之。……又私令左右卖公卿，公千万、卿五百万。

——《资治通鉴·汉纪四十九》

①次：资历。以德次应选：以德行或资历任官。

㊁ 巫医张角

黄巾原本不是盗匪，而是以济世为号召的宗教——太平教，由张角创立。

张角是个不第秀才，他入山采药，遇一老人，碧眼童颜。老人唤张角到洞中，传授天书三卷，说："此书为《太平要术》，如今你得到了，要用来济世救人，若萌异心，必获恶报。"张角于是创立太平教，教授门徒。

当时瘟疫流行，张角宣称他能治病。他为人治病时，叫病人下跪，说出自己的过失，然后喝下符水。病人偶有痊愈，于是人们口耳相传，拿他当神明崇拜。

十余年间，太平教发展出数十万信徒。遍布全国十三州中的八个州。徒众甚至变卖家财投奔张角，道路因之阻塞，途中病死的就有上万人。

拥护者数量庞大，张角必须建立组织管理。他设了"三十六方"（分区），大方万余人，小方六七千人，各立将军统御之，同时制造耳语"苍天已死，黄天当立"，又说"岁在甲子，天下大吉"。八州境内，包括京师洛阳，家家户户用白石灰在大门上写“甲子”二字。

大“方”马元义与中常侍封谞、徐奉暗中勾结，由封、徐二人为内应，约定明年（甲子年，公元184年）三月初五起事。张角与两个弟弟张宝、张梁开始部署起义，并派弟子唐周去洛阳，告知封谞情况，没想到唐周却向官府举发此事。东汉政府立即收捕马元义，处以车裂酷刑，在京畿大肆搜捕太平教徒，诛杀千余人；可是封谞等太监只有下狱，没有立即处决。

张角闻知事情泄露，星夜举兵，三十六方同时发动，自称天公将军，张宝称地公将军，张梁称人公将军。所有徒众都头裹黄巾作为标帜，官府称之为“黄巾贼”。

人心思变，响应者迅速膨胀到四五十万，许多郡守、县令弃职逃命，官军闻风披靡，不到一个月，天下响应，京师震动。

汉灵帝擢升大舅子何进为大将军，护卫京师，另派中郎将卢植、皇甫嵩、朱儁（jùn）各引精兵，三路进讨。

民变已不可收拾，朝廷中却忙于内斗，郎中张钧上书：“人民乐意归附张角作乱，祸根都在十常侍。他们的父兄子弟亲戚都派任刺史、太守，鱼肉人民，人民的苦痛无处申诉，才被逼作贼。如今只要将十常侍处死，将他们的人头悬挂南郊，向全国人民谢罪，黄巾巨寇自会消退，不必采取军事行动。”

事实上，当时受宠信并封侯的中常侍（可以进入皇帝寝殿的宦官）有十二人，灵帝宠爱宦官，甚至说出“张让是我爹，赵忠是我娘”这种话。十二常侍势力大，张钧随即被御史诬奏“张钧是太平教徒”，然后被收捕下狱，死在狱中。

你没读到的三国

史书上记载：郡县政府不察，反而报告“张角鼓励人民向善，推广教化，受到人民敬爱”。

撰史者认为，郡县政府失职，但郡县政府所看到的可能是真的：瘟疫流行，听闻张角能治病，所以人民大量前往求治，“途中病死”可为佐证，而张角受人民敬爱，自然也是事实。

【原典精华】

是时中常侍赵忠、张让、夏恽、郭胜、段珪、宋典等皆封侯贵宠，上常言：『张常侍是我公，赵常侍是我母。』

——《资治通鉴·汉纪五十》

㊂ 许劭品曹操

三路官军之中，朱儁与黄巾将领波才交战，败战受阻，皇甫嵩进驻长社（今河南长葛市），于是成为孤军，被黄巾军团团包围，皇甫嵩见贼军结草为篷，刚好又刮起大风，于是派出突击队，进行火攻。自己再率领大军，擂鼓出城攻击，黄巾大惊溃乱败走。恰好骑都尉曹操率领援军适时抵达，皇甫嵩与曹操会合朱儁，发动总攻击，大破黄巾，杀数万人。

曹操的老爹曹嵩，是中常侍曹腾的养子，因此袭曹姓。他们原本姓夏侯，因此后来夏侯氏多人在魏国位居要津。

曹嵩有曹腾撑腰，乃得以千金买到太尉（三公之一）官位，但也因此受到士人集团鄙视，曹操虽是权贵子弟，且才华显露，但就因为此一背景，在崇尚门第的东汉末年，受到士族排挤。不过仍有两位士族领袖对曹操评价很高：桥玄（不是大乔、小乔之父乔玄）与何颙（yóng）。桥玄对曹操说："天下将乱，只有具备扭转时局的能力，才能扶倾救危。将来安定天下的会是你吗？"何颙说："汉室将亡，将来安定天下的，必然是这位。"

桥玄还为曹操安排，让他去见许劭，让许劭品评一下。

东汉末年，士人结党与宦官集团对抗。士人之间相互标榜之风盛行，遂致良莠不齐，于是出现了一门“品人学”，专注品评人物的高下优劣。“品人学家”中最著名的一组，是许劭与其堂兄许靖，他俩每个月只在月初公开品评人物一次，称为“月旦评”。受到许劭品评之后的人，就能在士人群中拥有“品级”。请许劭品曹操，这是桥玄替曹操想出来的解套之方，有了许劭的评级，曹操就可以卸掉“宦官子弟”的黑帽子。

可是许劭看不起曹操，他完全是看桥玄的面子才接见曹操，但他见了曹操却闭口不言，不愿给曹操只言片语。

情急之下，曹操拔剑威胁许劭。许劭迫于威胁，说了十个字：“治世之能臣，乱世之奸雄。”曹操闻言大喜，很满意地回去了。

你没读到的三国

“治世之能臣，乱世之奸雄”就此成为曹操的盖棺论定评语，可见许劭的品人功力是多么高明：他只见了曹操一面，而且是在受到威胁的情况下讲出这十个字，却能二千年下来，都被认为非常中肯，没有人对此提出异议！

【原典精华】

汝南许劭，有知人之名。操往见之，问曰：『我何如人？』劭不答。又问，劭曰：『子治世之能臣，乱世之奸雄也。』操闻言大喜。

——《三国演义·第一回》

㊃ 治世之能臣，乱世之奸雄

曹操因得到许劭的品评而大喜，可是那个评语是“奸雄”，他为什么还会高兴呢？

因为古代字少，“奸”这个字不全然是贬义，同时也有计谋、权术的意思。因此“乱世之奸雄”的意思是：在乱世时能够施展权谋的英雄——也就是桥玄与何颙所谓“安天下的人才”，曹操当然高兴，事实上，曹操也无愧于“治世之能臣，乱世之奸雄”的判定。

曹操二十岁就被郡县举荐为孝廉，到洛阳朝廷担任郎官（见习官），见习期满，派任洛阳北都尉，也就是京城的两个警察局长之一。

初上任，他在四个城门口（东汉洛阳城有十二个城门）各摆下五色棒十余条，凡有人违犯禁令，就用五色棒打屁股。“十常侍”之一的蹇硕的叔叔“提刀夜行”，被曹操巡夜时当场逮捕，隔天当众打屁股，从此没有人敢干犯禁令。

之后曹操一路升迁，担任顿丘令、议郎，黄巾起义时，升为骑都尉。因前述破黄巾之功劳，调升济南国相（汉制郡国并行，国相与太守相当）。

济南国下辖十余县，资深官吏大多依附贵戚，同流合污，政风败坏。曹操到任后，一口气奏请免除其中八个人的官职，违法乱纪之徒都逃往其他郡、国，济南国“境内肃然”。可是不久之后，朝廷就有诏令下来，调他担任东郡（治所在今河南濮阳市）太守。曹操心里明白，他不见容于宦官集团，危机随时临头，于是他称病辞官，回家乡避祸。

到此为止，曹操还是“治世之能臣”，然而，随着朝政日非，治世之臣一个个被宦官陷害，或出局、或下狱，于是“乱世奸雄”乃有了发展空间。

到后来，曹操已经挟天子以令诸侯，他发表《让县自明本志令》说他原本只想为朝廷服务而已，可是在济南国时，遭到强宗豪族的嫉恨，深恐招来杀身之祸，所以称病回到家乡谯县（今安徽亳州）。打算秋夏两季读书，冬春两季打猎，规划二十年后天下太平再出来做官——应确实是真话，不是诈伪。

可是回家乡没多久，曹操又受到征召，到洛阳担任典军校尉——皇帝直属的八支亲军之一的指挥官，乃开始了他的“乱世奸雄”生涯。

【原典精华】

故在济南，除残去秽[1]，平心选举。以是为强豪所忿，恐致家祸，故以病还乡里。……欲秋夏读书，冬春射猎，为二十年规，待天下清乃出仕耳。

——《资治通鉴·汉纪五十八》

①除残去秽：整饬政风，去除腐败。

㊄ 张温养虎遗患

讨伐黄巾的三路军队中，皇甫嵩战绩显著，他接连击败张梁与张宝，并将病死的张角“传首洛阳”——脑袋送到洛阳示众。

皇甫嵩擢升为左车骑将军，兼冀州（今河北中部）刺史，封槐里侯。黄巾之乱虽因张角三兄弟的死亡而告平灭，事实上，民变却已遍及全国。

皇甫嵩被派去讨伐凉州（今甘肃武威市）变民，中常侍张让向皇甫嵩索求贿赂五千万钱，被皇甫嵩拒绝。于是张让和赵忠向灵帝进谗，说皇甫嵩剿匪无功，徒然浪费公帑，灵帝将皇甫嵩召回洛阳，收缴左车骑将军印信，削减采邑六千户。

接替皇甫嵩的是司空张温。司空也是三公之一，而张温这个司空也是买来的，中间人正是曹操父亲的养父中常侍曹腾。总之，张温成了左车骑将军，负责讨伐凉州军事，麾下大将是破虏将军董卓。

张温率十多万步骑进驻美阳，大破西羌叛军，叛军首领边章、韩遂向榆中败退。张温派荡寇将军周慎率三万人马追击，参军事孙坚向周慎建议，以一万奇兵切断榆中粮道，叛军缺少粮食就会放弃榆中，退回羌中，凉州即可平定（榆中在甘肃，羌中是青海东北部，叛军退至青海，甘肃自然平定）。周慎没接受这个建议，包围榆中城，反被叛军切断粮道，慌忙撤退。

张温同时命董卓率三万人攻击先零（羌人的一支）。董卓被羌、胡联军包围，粮秣耗尽，狼狈撤军。

张温召董卓来大本营，董卓第一时间不应召，等了很久才去。见到张温，态度更倨傲无礼。

孙坚上前，附耳向张温建议："董卓张牙舞爪，可以军法'应召不即时报到'条例，立即斩之。"

张温说："董卓在河陇之间素有威名，今天杀了他，西进难得大将。"

孙坚说："将军统帅王师，威震天下，哪需要依赖董卓？古来名将都以军法统领大军，未有不以决断诛杀而成功的，将军如今怜惜董卓不立即处决，伤害统帅威严，莫此为甚！"

张温说："你先出去，董卓恐怕要起疑心了。"孙坚只好退出。

张温不会带兵打仗，更不懂整饬军法的重要性。他这次没杀董卓，不但种下东汉覆亡的种子，也为自己带来杀身之祸，此乃后话，暂且按下不表。

【原典精华】

孙坚前耳语谓温曰：『卓不怖罪，而鸱张[1]大语，宜以召不时至，陈军法斩之。』温曰：『卓素著威名于河陇之间，今日杀之，西行无依。』坚曰：『明公亲率王师，威震天下，何赖于卓！……古之名将，仗钺[2]临众[3]，未有不断斩以成功者也。今明公垂意于卓，不即加诛，亏损威刑。于是在矣。』温不忍发，乃曰：『君且还，卓将疑人。』坚遂出。

——《资治通鉴·汉纪五十》

①鸱：音“chī”，猫头鹰古名“鸱枭”。鸱张：嚣张，如猫头鹰张翅般。

②仗钺：陈列军法刑具，显示将帅的权威。引申为统帅军队。

③临众：昭告军队

㊅ 刘焉割据四川

皇甫嵩被褫夺兵权，而张温被委以重任，君子道消，小人道长，东汉政权至此已可预见败局。洛阳城内，明眼人已经开始寻找避祸之地。

太常（掌祭祀）刘焉是刘氏皇族，历任县令、刺史、太守，资历完整。他看到朝政日非，天下将乱，就向灵帝建议："四方之所以变民纷起，都是因为州刺史权小威轻，权力不足以禁制邪恶，同时又任用非人，才招致人心叛离，建议把刺史改成州牧，提升等级并遴选重臣出任，方足以镇住地方。"同时，他私下积极活动，争取外放交趾（亦称交州，包括今天广东、广西及越南北部，州治在今广州市）牧，远离中原避祸。

侍中董扶私下对刘焉说："京师即将动乱，我夜观天象，益州那一块有天子之气。"于是刘焉请求前往益州。

刚好，益州刺史郤俭横征暴敛，恶名远扬。于是灵帝任命刘焉为益州牧，同时任命的还有豫州（今河南、安徽、江苏交界一带）牧黄琬、幽州（今河北北部）牧刘虞。从此，州政府地位提升，为后来的割据局面创造了条件。

刘焉还没到任，益州已经有民众起义杀了郤俭，而官军又镇压了起义，刘焉被益州军民迎接就任，上任后招抚起义军，宽以治民，收揽人心。

刘焉府中有一位妇人经常出入，这名妇人是五斗米道的大姐头。刘焉利用五斗米道在汉中的势力，任命大姐头的儿子张鲁为司马，镇守汉中，切断关中通往四川的交通，杀害朝廷派来的使节，并将罪状都推给“米贼”。于是刘焉割据益州，不受朝廷节制。

你没读到的三国

五斗米道是东汉张陵所创，信徒每人要捐五斗米，因而得名，张陵带着徒众入云锦山炼“九天神丹”，神丹炼成时，空中有龙虎现形，自此称为龙虎山（在江西鹰潭市）。

张陵传道给儿子张衡，张衡传给儿子张鲁。张鲁后来自称汉中王，建立政教合一王国，割据汉中达三十年。

张鲁死后，儿子张盛重回龙虎山，建立“天师道”。尊张陵为天师、张衡为嗣师、张鲁为系师，成为道教在民间发展的一个源头。

【原典精华】

侍中广汉董扶私谓焉曰：『京师将乱，益州分野[1]有天子气。』焉闻扶言，意更在益州。

——《三国志·蜀书一》

①古人认为天地感应，天上星宿分为二十八宿，对应地上不同的州或国，天上对应的那一块，称为该州国的“分野”。

㊆ 外戚杀宦官

预见动乱的，如刘焉，已经避祸外地。可是洛阳的权力中枢，仍然上演一幕又一幕的权力斗争。

汉灵帝刘宏兴建超级阅兵台，台上建十二层阁楼，高达十丈，然后集结步骑兵数万人，皇帝亲自主持阅兵，戴盔穿甲，骑上战马，自称“无上将军”。检阅全军之后，将佩刀交给大将军何进。

何进是何皇后的哥哥，这个动作乃令上军校尉蹇硕大为忌讳。蹇硕是中常侍，也是太监集团掌握禁军的代表人（西园八校尉之首）。于是中常侍们联合奏请，派何进西征凉州变民，灵帝批准。何进当然知道这是宦官的阴谋，他使出拖延之计，奏请派中军校尉袁绍前往徐州（江苏北部）、兖州（今山东、河南交界的南段一带）征集军队，等征集完成，再行出征，汉灵帝也批准所奏。

宦官与大将军互斗，汉灵帝虽然看在眼里，却已无力阻止，因为他已经病重，不久就驾崩了。灵帝驾崩，蹇硕立即展开行动，计划先诛杀何进，再拥立皇子（非太子）刘协登基。太子刘辩是何皇后所生，废嫡立庶，这是一个排挤何进的政变计划。

蹇硕派人召何进入宫议事，何进起身前往，在宫外迎接他的是上军司马潘隐。潘隐是蹇硕的副手，却又是何进的好友，他用眼神向何进示意，何进领会，掉转马头，直奔自己直属的部队，然后在百郡邸布防，称病不入宫。

百郡邸是什么地方？东汉的一级地方政府，也就是各郡国，都在洛阳设立宾馆，供本郡、本国来京城洽公的官员住宿与办公，百郡邸就是地方政府驻京单位集中区，何进在百郡邸布防，等于拉拢所有诸侯与地方政府跟他站在同一阵线。

形势迅速转为对何进有利，于是太子刘辩继位登基，何皇后升级为何太后，太后临朝，大将军何进“录尚书事”，也就是进一步掌握行政权力。何进网罗袁绍、袁术、何颙、荀攸、郑泰等人才，密谋尽诛宦官。

蹇硕则意图联合宦官，诛杀何进。可是赵忠等中常侍决定牺牲蹇硕，于是由黄门令（宦官总管）逮捕蹇硕并处死。

宦官集团担心何进有进一步行动，于是靠向灵帝生母董太皇太后和她的侄子骠骑将军董重。

董太皇太后仍然想插手政治，但都被儿媳妇何太后阻止。董太皇太后有一次怒骂何太后：“你今天能够如此张狂，还不是仗着你哥哥何进的势力！我教董重砍下何进人头，可是易如反掌！”

董太皇太后看不起何太后，因为何太后出身贫贱（屠沽之女），可是她忘了“母以子贵”，如今可是儿媳妇临朝。

结果，何进找了个莫须有的理由，发兵包围骠骑将军府，逮捕董重，免了他的职，董重自杀，董太皇太后则在一个月之后暴毙。《三国演义》说董太皇太后是被何进所诛，无论如何，何氏因此而声望下跌，失去人心。

【原典精华】

董太后每欲参干政事，何太后辄相禁塞，董后忿恚，詈曰：『汝今辀[1]张，怙[2]汝兄耶？吾敕骠骑断何进头，如反手耳！』。

——《资治通鉴·汉纪五十一》

①辀：zhōu。辀张：铺张，此处作“得志”。

②怙：hù，仗恃。

㈧ 袁绍引狼入室

何进一直下不了手诛除宦官，心理因素是重要原因——他出身很低，以往对宦官非常敬畏，骤然擢升到最高权力的地位，除了尚未适应，也害怕因为冒进而失去荣华富贵。

何进最倚重的人是袁绍。袁家累世居高位，从高祖父袁安以次，到父亲袁逢，四代人皆担任了三公的高官，人称“四世三公”。袁绍是中军校尉（禁军八校尉之一），弟弟袁术是虎贲中郎将，二袁作风豪爽，得到天下豪杰的归心。

袁绍一再向何进建议：“如今大局尽在掌握之中，正是天赐良机，将军应该为天下铲除大害，不可错过时机。”

可是何太后身处禁宫，被宦官包围，始终不同意将宦官全数诛除。宦官集团也有着“生命共同体”意识，因此总有亲近何太后的太监出面求情，何进乃迟迟未发动。

何进不敢自己发动诛杀宦官，袁绍再提建议：征召四方将领率军入京，以武力向何太后施压。这是一个超级馊主意，何进却接受了，因此加速了东汉中央政府的崩溃。

大将军主簿（幕僚长）陈琳对何进说：“将军集天下之权，

手握重兵，龙行虎步，想做什么都可以达成。诛除没有武力的宦官，就好像用炼铁的烈火去烧毛发，应当机立断，展开雷霆行动。如今将军想借助外援诛除宦官，好比倒持兵器，授人以柄。一旦外地大军齐集洛阳，到时候强者为雄，必定造成大乱！”何进不听。

典军校尉曹操听到消息，失笑说：“宦官这玩意儿，古代就有，如今到了这种地步，问题在人君不应该给他们权力。如今要治他们的罪，只需诛除元凶即可（不必赶尽杀绝），那只是劳动一名狱吏的工作。何至于劳师动众，征召外兵？想要赶尽杀绝，则消息必然走漏，我已预见他（何进）的失败！”

何进采纳了袁绍的馊主意，引进了一个煞星。

【原典精华】

主簿广陵陈琳谏曰：『……今将军总皇威，握兵要，龙骧虎步，高下在心，此犹鼓洪炉燎毛发耳。但当速发雷霆，行权立断，则天人顺之。而反委释利器，更征外助，大兵聚会，强者为雄，所谓倒持干戈，授人以柄，功必不成，只为乱阶[1]耳！』进不听。

典军校尉曹操闻而笑曰：『宦者之官，古今宜有，但世主不当假之权宠，使至于此。既治其罪，当诛元恶，一狱吏足矣，何至纷纷[2]召外兵乎！欲尽诛之，事必宣露，吾见其败也。』

——《资治通鉴·汉纪五十一》

①乱阶：为祸乱铺阶梯，意谓创造祸乱条件。

②纷纷：杂乱的样子。

⑨ 董卓进洛阳

何进的召集令发出，最为此兴奋的是董卓。之前董卓随张温讨伐羌族，在湟中（青海湟水流域）招募了一支军队，作为他的私人武力，并成为后来的凉州军团。朝廷征召他到中央担任少府（部长级，掌管物资），他拒绝就任，朝廷又擢升他为冀州牧，他请求将这支武力带去冀州。皇帝下诏谴责，他仍抗命不受，反而将军队推进到河东（今山西），密切注视洛阳政情变化。

易言之，董卓早就预见洛阳将发生动乱，一直都在准备介入，接到何进的“邀请”，部队立刻向洛阳前进。跟他同时发动的，还有骑都尉鲍信、东郡太守桥瑁、武猛都尉丁原等，他们都以“诛杀宦官”作为号召。

可是，外援还没到洛阳，何进却已先丢了脑袋：何进命袁绍部署兵力，预备在外援到达洛阳时发动，何进在部署完成后，进宫向妹妹何太后报告。太监集团在宫内发动，杀了何进，把何进的人头扔出宫墙，喊说：“何进谋反，已经斩首！”

何进的部下闻讯，由袁术、吴匡等领军进攻皇宫，天黑了，仍攻不进去。袁术下令纵火，张让等宦官胁持何太后，皇帝刘辩、皇弟刘协逃往北宫。袁绍攻入北宫，屠杀宦官，不分老幼，共两千余人，非宦官的宫廷官员，只要没有胡子，也都一律杀死。

兵荒马乱中，刘辩与刘协一对小兄弟，逃出皇宫，在野外摸黑逃命，随着萤火之光胡乱行，天亮后才有高级官员前来护驾。

这时候，董卓的军队到了。小皇帝看到大军，心生恐惧，哭泣不止。

公卿挺身而出，对董卓说："天子有诏，请你退兵。"

董卓面对公卿，那副嘴脸，跟之前他对张温的嘴脸一般无二，他对公卿说："诸位都是国家栋梁，不能匡正王室，以致皇帝流落至此，还有脸教军队撤退！"

小皇帝刘辩回到洛阳皇宫，大赦天下，可是传国玉玺却找不到了。

鲍信、丁原等军队也进入洛阳，他们跟袁绍原本都是何进的人脉，于是密谋除掉董卓，却又畏惧董卓兵力强大。事实上，董卓带到洛阳的步兵骑兵加起来不过三千人，但他使出一个绝招：每隔四五天命部队趁夜悄悄出城，隔天早上再大张旗鼓进城，袁绍等以为凉州军团不断进入洛阳，更不敢妄动。

于是董卓掌控了大局。下一步，他要控制皇帝。

【原典精华】

帝见卓将兵卒至，恐怖涕泣。群公谓卓曰：『有诏却兵。』卓曰：『公诸人为国大臣，不能匡正王室，至使国家播荡，何却兵之有！』

——《资治通鉴·汉纪五十一》

⊕ 汉献帝刘协

小皇帝刘辩虽然才十四岁，可是上面有一个何太后，何进又留下一堆党羽，董卓想要控制皇帝，甚至想要踵步王莽，就只有一条路，废帝立新帝。

董卓在一个群臣议事场合直接找上袁绍（何进余党的领袖），说：“天下之主，应该由贤明的人担任。我觉得刘协不错，想要立他为帝，你觉得他跟刘辩相比如何？人有的时候小事聪明大事愚笨，但总该晓得事情当为与不当为。如果刘协也不行，那么，刘姓皇族就不该让他们留种！”

董卓几乎是明白表示准备篡夺刘氏天下，而且希望袁绍识时务（知道事情当为与不当为），向他靠拢。只要袁绍表态，其他人就不足虑了。可是袁绍却不识相，说：“汉家统治天下四百年（西汉加上东汉），恩泽广被，兆民拥戴。当今天子年纪还轻，并没有不善之行。将军想要废嫡立庶，只怕大家不会同意！”

董卓手按剑柄，大声叱责：“你是什么东西，胆敢用这种态度跟我说话！天下事已经在我掌握之中，我想要做的事，谁敢不从！你莫非以为我董卓的刀不够锋利吗！”

袁绍也勃然发怒，说：“天下英雄可不是只有你董卓一个！”拔出佩刀，向在座所有人作了一个横揖（武侠片中常见的动作），昂然而出。

董卓因为自己进入洛阳权力中心不久，而袁绍是世家大族，不愿就此与关东世族撕破脸，因此当时没有下令追杀袁绍。

然而，董卓废立皇帝的计划却因此加速进行，何太后在董卓威胁之下，降诏废黜刘辩，降封弘农王，改立刘协为帝，是为汉献帝。

新皇帝即位后，董卓就将何太后迁到永安宫，两天后，用鸩酒毒死了何太后。

汉献帝擢升董卓为相国，这是自西汉开国，萧何、曹参之后，就不再有人担任的职位，以示地位崇隆。同时准许董卓“赞拜不名，入朝不趋，剑履上殿”：向皇帝奏事时，不称“臣某某”；上朝不必踩小碎步；上殿特准佩剑且不脱鞋（古人席地而坐，入室需脱鞋）。

这是后代权臣篡位必然出现的一个模式，另一个模式是赐九锡。只要这两个模式出现，该权臣或他的儿子终将篡位。

【原典精华】

卓按剑叱绍曰：『竖子敢然！天下之事，岂不在我？我欲为之，谁敢不从！尔谓董卓刀为不利乎！』绍勃然曰：『天下健者岂惟董公！』引佩刀，横揖，径出。

——《资治通鉴·汉纪五十一》

㊉㊀ 宁教我负天下人

董卓性格残忍，一旦专政，放言："我的相貌，尊贵无上！"开始肆意杀戮大臣，更纵兵虏掠洛阳的贵戚之家，导致人心惶惶。

袁绍逃走之后，董卓第一时间没追杀他，后来又记仇，下令缉捕。但是在担心山东（崤山以东）诸侯造反的考虑之下，董卓任命袁绍为勃海太守，袁术为后将军，曹操为骁骑校尉。但是董卓的凶暴无法令人安心，袁术首先弃职逃亡，接着曹操也逃离洛阳。董卓知道这两人必成大患，下令全国通缉。

曹操改名换姓，抄小径奔向家乡谯县。经过中牟（今河南中牟县）时，被亭长逮捕。中牟县功曹（掌人事）建议县令释放曹操。这段故事在《三国演义》小说（以及传统戏曲）中成为著名的"捉放曹"桥段。

"捉放曹"之后，是更有名的一段：曹操去拜访老朋友吕伯奢，却因为疑心病太重，杀了吕伯奢全家。这段故事有好几个版本，最精彩的一个版本在《三国演义》第四回：

（曹操杀了吕伯奢全家之后，在路上遇到吕伯奢，吕伯奢力邀曹操留宿。）操不顾，策马便行。行不数步，忽拔剑复回，叫伯奢曰："此来者何人？"伯奢回头看时，操挥剑砍伯奢于驴下。宫大惊曰："适才误耳，今何为也？"操曰："伯奢到家，见杀死多人，安肯干休？若率众来追，必遭其祸矣。"宫曰："知而故杀，大不义也！"操曰："宁教我负天下人，休教天下人负我。"

最后那两句却非小说杜撰，白纸黑字记载在晋人孙盛的《杂记》中，正是曹操"奸雄"形象的铁证。

事实上，在此之前，曹操曾经拒绝参加冀州刺史王芬的政变阴谋，又拒绝参加何进、袁绍的诛杀宦官行动，这一次又拒绝董卓的拉拢。由此可以看出，曹操不但看清楚天下将乱，还看清楚王芬、何进、董卓都不会成功——他宁可选择辛苦但是会成功的道路。

曹操选择的道路是什么？他来到陈留郡（今河南开封一带，离洛阳并不遥远），同时变卖家产，招募勇士，集结了五千人。曹嵩依靠宦官，买到三公高位，想来敛聚了不少家产，这下子都成了曹操打天下的"第一桶金"。

曹操不是当时唯一有眼光、有野心的人，各路英雄已经各自聚众，准备起兵讨伐董卓。

⑪㊁ 韩馥让冀州

关东州郡纷纷起兵，口径一致“讨伐董卓”，可是董卓挟持了天子，讨伐董卓形同造反，这当中有一些技术问题必须解决。

解决方案是，大家共推袁绍为盟主，袁绍自称车骑将军，各路诸侯则由袁绍“板授”（诸王大臣权授官职，不经过皇帝）官衔，包括：冀州牧韩馥、豫州刺史孔伷（zhòu）、兖州刺史刘岱、陈留太守张邈、广陵（今江苏境内江淮之间）太守张超、东郡太守桥瑁、山阳（今山东境内）太守袁遗、济北相（济北是封国，今山东境内）鲍信、后将军袁术。都在崤山以东，故称为山东诸侯。联军中也包括曹操，但是曹操没有要袁绍“板授”——再次显示曹操高其他诸侯一等，天下已经大乱，有实力就出头，还在等别人任官，如何超越别人？

前述诸侯中，只有韩馥是留守邺城（今河北邯郸市临漳县西与河南安阳市北郊），负责后勤供输。实际上，他当时官位最高（州牧），而且刚开始时，是由于他支持袁绍，袁绍才能成为盟主，后来他却又嫉妒袁绍，于是暗中减少粮秣供应，想要让袁绍的部众因粮秣不继而离散。

袁绍幕下智囊逄（páng）纪提出策略建议：“韩馥是个庸才，我们可以联络幽州降虏校尉公孙瓒，鼓动他南下攻击冀州，韩馥一定惊慌失措。我们再派出口才好的使节前往邺城，向韩馥分析祸福，说服他将冀州牧让给你。韩馥在强大压力之下，定会交出政权。”

袁绍接受这个建议，写信给公孙瓒。公孙瓒正苦无理由南下，接到袁绍来信，正中下怀。于是打起讨董卓旗号，大军却往邺城前进（董卓此时已西迁长安，下章再述），意图明显。

韩馥出兵阻截，却被公孙瓒击败。于是袁绍派出游说团前往邺城，游说团由荀谌担任主角。

荀谌对韩馥说：“公孙瓒的幽州兵团都是燕、代战士，长年驻守北疆（防御鲜卑），个个身经百战，我们替将军担忧。”

韩馥悚然，问：“那该怎么办？”

荀谌说：“阁下自以为，收揽天下英雄豪杰归心，比袁绍如何？”

韩馥说：“不如。”

荀谌说：“阁下自以为，面对危机时，奇计、决策、智勇，比袁绍如何？”

韩馥说：“不如。”

荀谌说：“阁下自以为，数代恩信布天下、家家受惠，比袁绍如何?”

韩馥说:“不如。”

荀谌说:“袁绍是当代人中豪杰,将军却以‘三不如’的条件,居他上位,这种情况绝对不可能长久,冀州为天下枢纽,若公孙瓒与袁绍联手,南北夹攻,阁下的危亡,已迫在眉睫。袁绍与阁下是老交情,不如将冀州让给袁绍,袁绍感戴阁下厚德,公孙瓒也不敢冒犯。如此则阁下拥有让贤美名,而自身比泰山还要安稳(安如泰山)。”

韩馥听了这番游说,决定让出冀州。可想而知,韩馥的亲信个个反对,但韩馥秉性软弱,又自认为是袁氏故吏,于是将冀州让给袁绍。

事实证明,韩馥果然是引狼入室。袁绍坐上冀州牧的位子,任命朱汉为都官从事(参谋)。朱汉从前受过韩馥羞辱,上任第一件事就是派兵包围韩馥住处,捉住韩馥的长子,以铁槌敲断他的双足,袁绍闻报,立即逮捕朱汉,登时诛杀。

可是韩馥已经心胆俱裂,请求免一死,袁绍允许他投奔陈留太守张邈。

不久之后,袁绍的使节晋见张邈。韩馥在座,使节对张邈附耳低语,韩馥疑神疑鬼,借上厕所之名离席,就在厕所中自杀。

【原典精华】

谌曰：『君自料宽仁容众为天下所附，孰与袁氏？』

馥曰：『不如也。』

『临危吐决[1]，智勇过人，又孰与袁氏？』

馥曰：『不如也。』

『世布恩德，天下家受其惠，又孰与袁氏？』

馥曰：『不如也。』

谌曰：『袁氏一时之杰，将军资三不如之势，久处其上，彼必不为将军下也。……是将军有让贤之名，而身安于泰山也。』

——《资治通鉴·汉纪五十二》

①吐决：发表议论，做出决策。

⑪⑫ 郑泰牵制董卓

前章说袁绍谋夺冀州，同时间有另一件大事也开始进行，就是董卓挟持汉献帝迁都关中。

起初是董卓想要全国动员，征集大军讨伐山东诸侯。

尚书郑泰说："施政看仁德，不看武力众寡。"

董卓沉下脸说："照你这么说，军队就没有用了？"董卓是武人，最恨人家说他不懂儒家那一套。而现实是乱世不讲仁义、礼仪，拳头大的人赢，所以郑泰急忙解释："不是这个意思，只是强调，山东那些家伙，不必劳动大军。"

郑泰分析："阁下生在西州（函谷关以西地区），自年轻就担任将帅，娴习军事。而袁绍不过是个公子哥儿，一生都在洛阳；张邈不过东平郡一个老实书呆子，坐着眼睛都不敢到处看；孔伷只会清谈高论，把死的说活，活的说死。这些人都不是你的对手，他们的军队也不是西州军队的对手。"

这番话很顺董卓的耳，可是东军的压力仍然很大，董卓乃兴起迁都念头。也就是将中央政府，从皇帝到百官，全部迁往长安。由此亦可见，董卓虽有篡位野心，却并无一统天下的格局，只想回到自己的势力范围，关起门当土皇帝，等于割据一方。

然而，洛阳的中央政府百官，当然都不愿意搬去长安。司徒杨彪带头反对，对董卓说："天下大事，发动容易，收拾残局困难，请阁下三思。"

这话又触了董卓的霉头，直指董卓是"收拾残局"才要迁都，因而大为光火，说："你是在质疑国家大计吗？"

太尉黄琬为杨彪缓颊："如此重大决策，杨司徒只是提醒应该慎重而已。"

董卓闭口不言。司空荀爽打圆场："相国是顾虑山东起兵，非一朝一夕可以敉平，所以打算先迁都，然后部署反攻。固守关中，是秦、汉宰制天下的大战略啊！"董卓这才息怒。

上述是三公发言，董卓还给点面子。接着有两位校尉（禁军将领）伍琼、周毖坚持反对迁都，董卓大怒，说："我初入洛阳时，你们两个劝我任用正人君子，我都采纳了。可是那些家伙却一个一个起兵背叛我。这可是你们二位出卖我董卓，不是我董卓出卖你们！"下令诛杀伍琼与周毖。

的确，当初劝董卓不杀袁绍，又建议任命袁绍为勃海太守的，就是郑泰、伍琼与周毖。

伍、周二人被杀之后，郑泰少了两位牵制董卓的同志，孤掌难鸣。后来谋刺董卓不成，潜逃投奔袁术。

然而，前文郑泰分析袁绍、张邈、孔伷的论点，仍是中肯之论。由此亦可见，东汉末年的"品人之学"，确实有它一套，三国历史中不乏高明的品人论述。

【原典精华】

卓大怒曰：『卓初入朝，二君劝用善士，故卓相从，而诸君到官，举兵相图，此二君卖卓，卓何用相负！』

——《资治通鉴·汉纪五十一》

⑭ 曹洪助曹操脱险

董卓终于展开迁都行动，同时将洛阳全面摧毁：纵火焚烧皇宫、官厅房舍，当然波及邻近民宅，京城洛阳成为一片焦土，二百里内鸡犬不留。

毁掉京城建筑物还不够，董卓将洛阳所有富豪集中，全数诛杀，并且驱赶全城人民，共数百万人之多，前往长安。（洛阳到长安，航空距离三百五十千米。）

董卓在干什么？他要消灭任何“洛阳再起”的可能，免得他走了，其他人据有洛阳，足以号召跟他对抗。毁了城市，杀了富豪，逼迁人民，才能彻底消灭一个帝都。

屠杀富豪，当然也没收了他们的财产。但董卓认为还不够，他命令吕布挖掘东汉历代皇帝陵寝以及公卿坟墓，盗取所有陪葬珍宝。至于俘虏的山东士兵，则裹以油布，活活烧死。

董卓亲自坐镇洛阳，为迁都行动断后。而山东诸侯联军，一个个都不敢出击。

曹操向诸侯晓以大义，力陈“董卓焚烧宫室，劫迁天子，四海之内为之愤怒，这正是天亡董卓之时，也是一战而定天下的大好时机，绝对不可错失”，可是诸侯没人理他（每个人都有官衔，而曹操没有，更因他是宦官后人而看轻他）。

于是曹操单独率军西上，追击董卓，却在荥阳（今河南荥阳市）被凉州将领徐荣击败，士卒死伤甚多。曹操被流箭射中，坐骑受伤。堂弟曹洪将自己的马让给曹操，曹操不接受。曹洪说：“天下可以没有曹洪，不可以没有曹操。”曹操这才上马，趁夜遁走。曹洪步行护送曹操一直到汴水，河水深，人马不能渡，曹洪顺着河找到船只，才跟曹操一同渡过汴水。

曹操虽败，徐荣却为曹操的奋战精神所慑，不敢进击联军大本营酸枣（故城在今河南延津县）。

聚集在酸枣的联军人数已达十余万人，却每天置酒高会。曹操回到酸枣，责备大家，并提出他的战略：袁绍进逼孟津；大军主力据守成皋，控制敖仓，封锁轘辕山、太谷口险要；袁术攻丹水、析县，直入武关……

各路诸侯完全听不进去，谁会听一个败军之将的调度呢？何况那些世家大族原本就看不起这个宦官后人。

不久，酸枣粮秣告尽，各军拔营星散，同时开始内斗，相互攻伐。

曹操回到谯县，之前带去的五千人已经所剩无几。这时，曹洪也回到谯县，而且带来数千兵马。原来，曹洪渡过汴水之后，与曹操分手，去到扬州（治所在今安徽寿县），说服他的老朋友扬州刺史陈温，募兵两千人，又在丹阳募兵数千人。于是，曹操有了卷土重来的本钱。

【原典精华】

操兵败，为流矢所中，所乘马被创[1]。从弟洪以马与操，操不受。洪曰：『天下可无洪，不可无君。』遂步从操，夜遁去。

——《资治通鉴·汉纪五十一》

①被：多音字读作“披”。被创：受伤。

唐朝诗人杜牧《题乌江亭》:“胜败兵家事不期，包羞忍耻是男儿。江东子弟多才俊，卷土重来未可知。”

对于西楚霸王项羽“如果回到江东，能不能卷土重来”的争论，由于是假设性命题，而历史无法倒带，因此不可能有结论。

然而，若对比曹操这一段故事，或许会得出正向的结论。关键在于：项羽有没有一位能帮他“再募数千勇士”的堂弟。

⑮ 刘虞不当傀儡天子

董卓逃回关中，死守函谷关。山东诸侯向西推进，成了“关东诸侯”（函谷关以东），也就是掌握了中原地区。于是想要拥戴一个他们可以控制的皇帝，他们相中的是幽州牧刘虞。

刘虞担任幽州牧，与百姓共甘苦。身着破衣，脚穿草鞋，每餐不超过一种肉食，宽刑罚、奖农桑，开放上谷与北方民族互市，又开发渔阳的盐铁之利，人民欢悦，年岁丰登，物价平稳。中原战乱之时，百余万士人与平民逃奔幽州。也就是说，幽州成了一个乱世中的太平世界，人们口耳相传，都称颂刘虞。他又是刘姓皇族，于是成为诸侯心目中的理想皇帝人选。

可是，诸侯中持反对意见者，却是袁绍的堂弟袁术。袁绍写信给袁术，希望他支持拥立刘虞。可是袁术本人有当皇帝的野心，因此拒不同意，还摆出一副忠贞嘴脸教训袁绍：“圣主（刘协）英明聪慧，眼前被董卓这贼子绑架，只是汉家的一次小小厄运而已，我一片赤心，志在消灭董卓，不知道其他！”

袁绍并不因此放弃另立天子的念头，派前乐浪太守张岐为使节，带着诸侯拥戴文书，前往幽州，奉上皇帝尊号。乐浪郡属于幽州，张岐是刘虞老部下，可是刘虞不顾老交情，厉色痛斥张岐："如今天下崩乱，主上蒙尘。我领受重恩而不能雪国耻，诸君守护州郡有责，就该勠力尽心效忠，怎么反而拿这种叛逆行为来玷污我！"

袁绍等退而求其次，请刘虞"领尚书事"，代表皇帝封爵任官，刘虞仍不接受。逼得急了，刘虞扬言要投奔匈奴，以杜绝自己当皇帝的可能，袁绍等这才停止。

刘虞的儿子刘和在长安担任侍中，汉献帝想要回到洛阳（他不晓得洛阳已成一片焦土），命刘和逃出武关（关中南方最重要关口），请刘虞出兵迎驾。

刘和到了南阳（今河南湖北交界一带），却被袁术扣留。袁术称自己将发兵西进，要刘和写信给刘虞。刘虞接到信，决定派出数千骑军队，前往南阳与袁术会合，出兵关中。

之前出兵帮袁绍（向韩馥施压）夺了冀州的幽州降虏校尉公孙瓒，识破袁术诡计，极力劝阻刘虞，但刘虞不听。公孙瓒警觉，刘虞不是一个脑袋清楚的老板，必然无法久存于当前的丛林法则之下，而他警告刘虞不可信任袁术，很可能因此得罪当前最有势力的二袁。于是他迅速改变立场，派堂弟公孙越领一千骑兵，一同前往南阳。暗嘱公孙越唆使袁术囚禁刘和，吞并幽州派去的军队。

刘和很机警，从南阳逃出，投奔袁绍。可是袁绍也不放他回幽州，留他不放，以之要挟刘虞。

刘虞跟公孙瓒于是结怨，伏下幽州内战的因子。

【原典精华】

（袁）术答（袁绍）曰：『圣主聪睿，有周成[1]之质，贼卓因危乱之际，威服百寮[2]，此乃汉家小厄之会，……，慺慺[3]赤心，志在灭卓，不识其他！』

——《资治通鉴·汉纪五十二》

①周成：周成王。周武王逝世，周公抱着成王当天子。袁术明白反对"拥立刘虞当傀儡天子"，因为小皇帝跟周成王一样优秀。

②寮：同"僚"。

③慺慺：勤恳恭谨。

⑯ 公孙瓒争幽州

公孙越到了南阳，被袁术派去配合袁绍部下的豫州刺史周昂一同出战，那是他第一个任务，也是最后一个，他在执行这个任务时被流箭射死。

公孙瓒勃然大怒，说：“袁绍必须为此负责。”立即出兵，进驻磐河，上书长安，历数袁绍罪行，然后展开攻击。冀州有好几座城背叛袁绍，归附公孙瓒——袁绍以骗术得到冀州，又逼死韩馥，不得人心。

无论如何，袁绍为此惶惧，将自己的勃海太守印绶交给公孙瓒的另一名堂弟公孙范，任命公孙范为勃海太守，以向公孙瓒示好。公孙范到勃海上任后，立即翻脸，带着勃海郡兵力加入公孙瓒集团。

公孙瓒对袁绍开战，粮秣来源是幽州政府。而刘虞虽然位居幽州牧，掌军政大权，更得人民敬爱，可是他秉性温和，无法节制作风跋扈的公孙瓒。前章述及刘虞与公孙瓒结怨，刘虞趁此机会克扣公孙瓒粮秣，公孙瓒很生气，愈发不听刘虞命令。两人分别向长安政府上表，控诉对方，可是长安政府哪管得到关东，只能和稀泥，敷衍了事。

刘虞数度请公孙瓒到蓟县开会，公孙瓒都称病不去。刘虞认定公孙瓒迟早会叛变，于是先下手为强，集结十万大军进攻公孙瓒大本营所在的一座小城。事出突然，公孙瓒来不及召回外地军队，惊恐之下，一度想要凿破城墙逃走。

可是刘虞不会带兵打仗，又爱护人民，不准军队纵火，下令："不许多杀，只杀伯珪（公孙瓒字伯珪）一人。"

都已经兵戎相见了，还称对方的字，可见刘虞真是一位有礼貌的君子。而下令不许伤及他人，更足以"媲美"宋襄公"不重创，不擒二毛"（不杀负伤者，不抓捕年老者）。可是对敌人仁慈，就是对自己残忍。

公孙瓒看出整个形势，精选精锐战士数百人，顺着风势纵火，直冲突入刘虞大军本阵。刘虞军队霎时崩溃，刘虞带着州政府官属向北逃奔，一直奔到居庸。公孙瓒围攻居庸城三天，城陷，生擒刘虞与其妻儿。

回到蓟县，公孙瓒仍然教刘虞在公文书上署名，看起来幽州还是刘虞当家。直到长安政府来了一位使节段训，擢升公孙瓒为前将军。公孙瓒这才向使节指控刘虞跟袁绍通谋，袁绍要拥刘虞为帝，于是段训以汉献帝使节名义，斩刘虞与其妻儿。

于是幽州成为公孙瓒的地盘，这期间，他的部下中出现了一组英雄人物——《三国演义》主角刘关张赵登场了！

【原典精华】

虞兵无部伍，不习战，又爱民庐舍，敕不听焚烧，戒军士曰：『无伤余人，杀一伯珪而已。』攻围不下。

——《资治通鉴·汉纪五十二》

⑩⑦ 刘关张赵兄弟帮

公孙瓒蹿起之时，一位老同学前来投靠，名字叫刘备。

刘备的祖上可溯到西汉景帝的儿子中山靖王刘胜，可是传了十四代之后，刘备只能跟着寡母织席贩履糊口。

刘备相貌不俗：身高七尺五寸，双臂下垂时能超过膝盖，而耳朵超大，扭头可以看见自己耳垂。

虽然家境清贫，刘备却从小就有大志。自家篱内有一棵桑树，高五丈余，树形如一座车盖（汉制封侯以上才有车盖），行人都说"此地必出贵人"。刘备对亲族小朋友说："我将来的车乘，一定要像这棵树一样，车盖上以羽毛装饰。"羽葆盖车，那可是皇帝仪仗。刘备的叔父刘子敬叱责他："小孩子不要乱讲话，你说的那种事可是满门抄斩的大罪！"

刘备十五岁时，母亲让他去洛阳游学，拜在卢植门下，同学当中就有公孙瓒。

公孙瓒威名大噪时，刘备前往投靠。公孙瓒命他随田楷夺取青州（今山东青州市一带），成功后，田楷任青州刺史，刘备任平原相（管辖区域在今山东德州市一带）。刘备则任命两位从小一同长大的哥们关羽、张飞为平原国的别部司马，统领军队。

刘备从小就会拉帮结派，而关张二人会帮他“御侮”，也就是说，刘备是少年帮派的头脑，关羽、张飞则是“左右护法”。

《三国演义》的“桃园三结义”其实有所本，《三国志》记载：刘备跟关张二人“寝则同床，恩若兄弟”。而关张二人在人多场合，总是站在刘备身后，有时站一整天。后来追随刘备转战，也从来不避艰险，历史上像这样的君臣关系，绝无仅有。

当时公孙瓒手下还有一位英雄人物赵云，率领本郡（常山）民兵投奔公孙瓒，常山属冀州，公孙瓒问赵云：“为什么不归附袁绍？”赵云说：“天下沸腾，人民痛苦如倒悬。冀州人士盼望的是仁政，而不是轻视袁绍而趋附将军。”赵云很可能属于前述看不惯袁绍诈取冀州的人士之一。

刘备对赵云至为钦佩，倾心结交，因此，赵云也去到平原国，为刘备统领骑兵。

你没读到的三国

刘备成功靠的是诸葛亮、关羽、张飞、赵云，是吗？是，不错。但若不是寡母靠着织草鞋、草席送他去洛阳游学，刘备哪有往后的机会呢？

刘备去到洛阳，进入当代大儒郑玄门下，与公孙瓒等人为友。回过头来看，刘备到洛阳游学，对他后来事业有帮助的，不是学识，而是人脉。

【原典精华】

先主少时，与宗中诸小儿于树下戏，言：『吾必当乘此羽葆盖车。』叔父子敬谓曰：『汝勿妄语，灭吾门也！』

——《三国志·蜀书二》

⑱ 孙坚战死

公孙瓒与袁绍结怨，跟袁术结盟，使得二袁之间的矛盾更表面化。

袁术是袁绍的异母弟，但他是正室所生，袁绍是小妾所生。他俩的父亲是袁逢，袁逢的大哥早逝无后，而由袁绍出继，因而袁绍反而成了袁氏长房长子。可是袁术始终不甘位居袁绍之后，见诸侯多归附袁绍，气得大叫："那些不长眼的白痴！不追随我，反而去追随我们袁家的家奴！"甚至在给公孙瓒的信中写："袁绍不是袁家的儿子。"袁绍听说后，暴跳如雷。

公孙瓒和袁术的结盟，形成幽州与南阳夹击冀州的形势。对此，袁绍则与荆州（今湖北与湖南北部）刺史刘表结盟，夹击袁术。

袁术命破虏将军孙坚攻击刘表，刘表命部将黄祖迎战。孙坚连战皆捷，黄祖退入岘山。孙坚趁夜追击，却在应战中被流箭射死。

孙坚在张温大军回京后，就任长沙太守，领军参加讨伐董卓联军。董卓迁都长安，孙坚突击荆州刺史王睿，攻下南阳郡。当时驻扎在鲁阳的袁术“上表”任命孙坚为破虏将军、豫州刺史，自己则并吞南阳。

事实上，当时汉献帝在董卓挟持之下，“上表”根本是假动作，豫州当时权力真空（董卓的西凉军团退得太快），孙坚必须自己带军队去占领，袁术则不费一兵一卒，得到了南阳郡。

之前，孙坚劝张温杀董卓不成（见第五章），后来有了地盘，乃领军攻击董卓，连续击败凉州军团，并斩杀大将华雄，董卓派人请求跟他联姻，并列名举荐孙家子弟担任刺史、太守。孙坚说：“董卓逆天无道，倾覆王室，今天不夷你三族，昭告四海，我死都不瞑目，岂能跟你联姻！”

董卓西向退进函谷关，孙坚乃进入洛阳，修复历代皇帝陵寝，填平董卓盗墓时挖掘的墓坑。完工之后，回军驻扎鲁阳。

然而，豫州的位置恰在袁绍与袁术之间，孙坚又成为袁术抵挡袁绍的棋子，后来又受袁术的差遣，去攻击刘表而阵亡。简单地说，孙坚在讨董卓联军中，与曹操是“唯二”英勇奋战的将领，却一直被袁术玩弄。

【原典精华】

豪杰多附于绍。术怒曰：『群竖[1]不吾从，而从吾家奴乎！』又与公孙瓒书曰：『绍非袁氏子。』绍闻大怒。

——《资治通鉴·汉纪五十二》

①竖：对人的贬意称呼，如“竖子”。

⑲ 刘表据有荆州

相对于孙坚的勇敢善战却少心机，刘表则是一号懂得算计的人物。

刘表是世家子弟，高大英俊，在洛阳社交圈中很活跃，名列“八交”之一。所谓“八俊”“八顾”“八交”等名词，都是当时士人为了互相标榜搞出来的。

孙坚击破荆州刺史王叡，长安政权（董卓挟持汉献帝）任命刘表为荆州刺史。当时的刘表堪称有胆识，单枪匹马进入宜城，向南郡地方名人蒯良、蒯越请教，说：“如今荆州遍地变民，袁术又占领南阳（南阳是荆州八郡中最北一部）。我打算征兵，又怕征不到，二位有何建议？”

蒯越说：“袁术骄傲却无谋，本地的宗部叛乱首领多半贪暴，士卒离心，给他们一点小利就会投降，阁下再诛杀贼首，收编群众，土匪变成保安军队，一州之内都得安居乐业，你的威望和恩德将令人心归附。一旦军队集结，人心归附，然后南据江陵，北守襄阳，八郡可传檄而定。那时候，袁术再来，也无能为力了。”

刘表大为赞同，于是派人引诱起义军集团领袖，被骗来的有五十五人，刘表将他们全体诛杀，收编他们的部众，将郡治由武陵（在长江以南）迁到襄阳（靠近河南），荆州从此成为刘表的地盘。

袁绍结交刘表，袁术命孙坚攻击刘表，孙坚被流箭射死，袁术乃不再有攻击刘表的力量，而长安政权更顺势任命刘表为荆州牧，拉拢刘表以制衡关东诸侯。

你没读到的三国

蒯越向刘表提出的策略，确实了不起，得以让单枪匹马的刘表，由空头荆州刺史变成实质上的荆州王，足堪与诸葛亮的“隆中对”（让刘备由丧家之犬变成三分天下的君主之一）相媲美。

荆州位居三国势力交集的枢纽地带，赤壁大战之后，三国就一直都在争夺荆州。

荆州又因缘际会聚集了很多人才，如蒯越、诸葛亮、庞德、徐庶等。

刘表据有荆州，有地利、有人才，却非但不能争胜天下，甚至保不住荆州，只能怪自己才具不足矣！

【原典精华】

蒯越曰：『袁术骄而无谋，宗贼帅多贪暴，为下所患，若使人示之以利，必以众来。使君诛其无道，抚而用之，一州之人有乐存之心，闻君威德，必襁负[1]而至矣。兵集众附，南据江陵，北守襄阳，荆州八郡可传檄而定。公路[2]虽至，无能为也。』

——《资治通鉴·汉纪五十一》

①襁负：以布幅束幼儿于背。

②公路：袁术字公路。

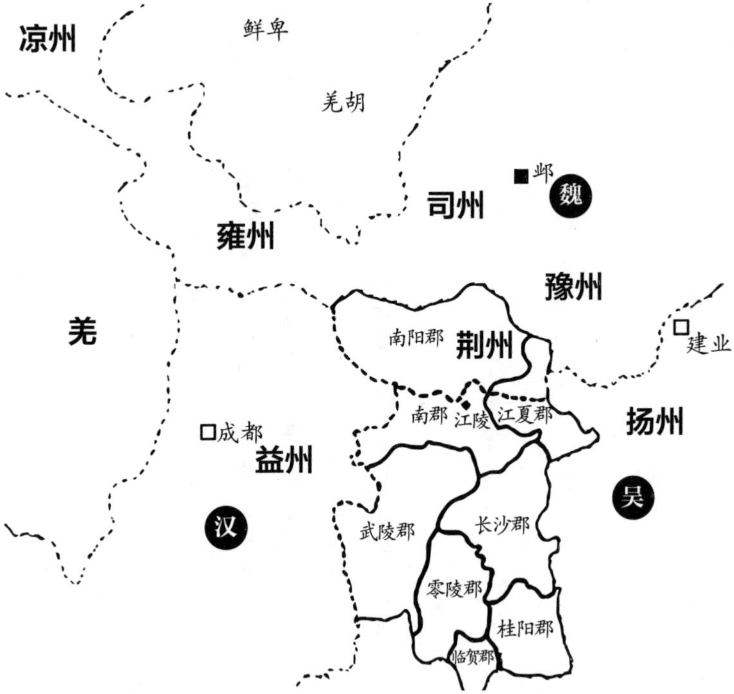

△荆州的战略位置明显易见

㉠㊉ 公孙度割据辽东

与刘表为荆州牧大约同时，远在辽东的公孙度自封平州（今辽宁）牧，后来更一度成为三国之外唯一的独立王国。

公孙度的父亲公孙延因事（通常是犯了罪）躲避官吏，举家迁往玄菟郡（今辽宁沈阳附近）。公孙度在郡政府担任小吏，却受到太守公孙域的另眼看待，公孙域的独子公孙豹十八岁就英年早逝，公孙度与公孙豹同年，而且乳名就是“豹”。公孙域爱屋及乌，供公孙度读书，还为他娶妻，更举荐他任官，一路升到冀州刺史。

董卓部将徐荣（在荥阳痛击曹操那一位）推荐公孙度为辽东太守。公孙度因为曾在郡政府担任小吏，到任后，有一些过去的长官不服他，公孙度严厉报复，甚至杀人抄家灭族，以高压统治震慑官吏。

公孙度看到中原诸侯相攻扰攘，就对左右说：“汉朝要亡了，我将与诸君一同建立王国。”

刚巧，公孙度家乡襄平县延里的神社发现一块巨石，长一丈有余，下方还有三只“脚”。马屁集团立刻进言：“当年汉宣帝由平民变成皇帝之前，在冠石山出现巨石，下面也有三足，这是同样的祥瑞出现。而里名‘延’刚好是阁下父亲之名，神社主管土地，这是阁下将拥有土地的预兆，而且还有三公辅佐。”拥有土地且三公为辅，那当然是皇帝！

于是公孙度起了雄心壮志，向东讨伐高句丽，向西讨伐乌桓，分辽东郡为二（增设中辽郡），再攻下东莱郡的几个县，然后称自己的地盘为平州，上表长安政府，汉献帝（其实是董卓）发表他为平州牧。

中原士人因逃避战乱而前往平州投靠公孙度，其中一位名叫管宁。

管宁年轻时与华歆是好朋友，曾经一同在菜园里翻土种菜，锄头挖出了一块金子，管宁将它当瓦石一般，堆到一旁。华歆看见那块黄澄澄的东西，捡起来看了看才丢弃一旁。当时流行品人，时人以此品评管宁高于华歆。

又一次，两人同席读书，门外有达官贵人经过，车仗吆喝声引得华歆到门外观看。回来时，却见管宁将草席割开，说：“你不是我的朋友。”

这就是“割席”的典故。

【原典精华】

管宁、华歆共园中锄菜，见地有片金，管挥锄与瓦石不异，华捉而掷去之。

又尝同席读书，有乘轩冕[1]过门者。宁读如故，歆废书出看。宁割席分坐，曰：『子非吾友也。』

——《世说新语·德行》

①轩冕：有盖的车，达官贵人才能乘坐。

㉑ 程昱——慧眼识曹操

孙坚战死后，袁术受到刘表牵制，袁绍乃亲自领军与公孙瓒决战，公孙瓒动员三万大军，在界桥（古城遗址在河北邢台市威县）南方二十里处，两军对上了。

袁绍先遣麴义率精兵八百人迎击，另在左右侧翼埋伏千人强弩部队。

公孙瓒轻敌，派主力骑兵蹂践这八百人小部队。麴义下令全体士兵匐伏于盾牌下面，动也不动。（万马奔腾而来，能全军不动，果然训练有素。）这时，伏兵万箭齐发，矢如雨下，骑兵前进之势顿挫，然后麴义的军队起身出击，杀声震天，公孙瓒军大败，向北撤退。袁绍追击，公孙瓒在界桥整顿后反扑，再被麴义击败。公孙瓒无力再战，全军撤回幽州。

在此之前，兖州刺史刘岱一直在袁绍与公孙瓒之间斡旋，希望双方和平相处。袁绍将妻子、儿女送到昌邑（兖州州治，今山东巨野），公孙瓒也派使节出使兖州——刘岱与双方维持等距。

公孙瓒进兵冀州，连下数城时，要求刘岱交出袁绍的眷属，同时训令使节："若刘岱拒绝，就退出兖州，等我消灭了袁绍。再收拾刘岱。"

刘岱召集参谋开会商讨对策，一连数日，不能决意。听说东郡人程昱素有谋略，就将他请来开会。

程昱说："袁绍近而公孙瓒远。如果弃袁绍而靠向公孙瓒，好比儿子溺水而去求远方的越人相救（越人水性好），势不能相及。况且，公孙瓒肯定不是袁绍对手，眼前虽然打下数城，但恐怕最终要栽在袁绍手中。"刘岱采纳。

于是公孙瓒的使节范方撤退，还没回到大营，公孙瓒已败。

刘岱有意延聘程昱为骑都尉，程昱以身体状况不佳而推辞。

后来，山东黄巾军起义，刘岱被起义军杀害。曹操担任兖州牧，征召程昱出来做官，程昱整理行囊应召，家乡人问他："为什么你之前一直不肯做官，如今却一反初衷？"程昱笑而不答。

违反初衷吗？不是的。程昱的品人功力也不差，他看出公孙瓒不是袁绍对手，也看出刘岱不是平天下的材料，但曹操是乱世奸雄。机会来了，他当然顺势把握。

【原典精华】

岱与官属议，连日不决，闻东郡程昱有智谋，召而问之。昱曰：『若弃绍近援而求瓒远助，此假人[1]于越以救溺子之说也。夫公孙瓒非袁绍之敌也，今虽坏绍军，然终为绍所禽[2]。』岱从之。范方将其骑归，未至而瓒败。

——《资治通鉴·汉纪五十二》

①假：借。假人：求助他人。

②禽：同“擒”。

㉒ 吕布刺杀董卓

关东群雄因为攻不进函谷关而自相攻伐，使得身居关中的董卓愈发骄横。

董卓擢升弟弟董旻为左将军，侄儿董璜为中军校尉，掌握兵权。董家亲族大量涌进政府机关，董卓侍妾怀抱中的婴儿都封侯爵，紫绶金印给婴儿当玩具。

董卓本人的车仗、服饰都僭越天子，官员都到太师府报告并接受指示。他又在郿县（今陕西眉县）兴筑坞堡，墙高七丈、厚度也七丈，里面储存足供三十年的谷米。董卓常常自言自语："大事若成，就称雄天下；不成，守住这里也足以安度晚年。"

所谓"大事"，当然是指当皇帝。事实上，他若要在长安演"禅让"戏码，绝非难事。但是他根本不敢开关东出，篡位只会激起关东诸侯再次联军来攻而已。所以他的喃喃自语，其实是因为心虚。这种心虚，使得他更为残忍，动辄杀人。部将与官员稍有差错，往往现场格杀，使得长安朝廷中人人惊恐度日。

董卓成为独夫，只相信一个人：吕布。吕布精于骑射，武艺超群，勇力尤其过人，董卓无论到什么地方，吕布都贴身相随，誓言情同父子。

可是有一天，董卓为了一件小事，对吕布大发脾气，顺手抄起手戟（小型利刃）掷向吕布。吕布身手矫捷闪过，向董卓道歉，董卓才息怒。从此，吕布对董卓心怀怨恨。

另外，吕布跟太师府一名侍婢私通，怕被董卓发现，心里的紧张、忧惧，一天天加深。这位史书上无名的侍婢，在《三国演义》中名叫貂蝉，并且因《三国演义》流传甚广且久，成为中国四大美女之一，身份也成为王允的养女，被王允利用来施美人计。四大美女另外三位是西施、王昭君、杨贵妃，都是真实人物，只有貂蝉是虚构人物。

司徒王允探知吕布的忧惧，邀吕布参加行刺董卓的行动。吕布迟疑说："可是我们有父子之情啊！"王允说："你姓吕，不姓董，又不是骨肉之亲。如今死亡的阴影笼罩，还讲什么父子之情？他向你掷戟的时候，心里岂有父子之情。"

于是吕布加入刺杀董卓集团。有一天，汉献帝患病后痊愈，在未央殿大会群臣。董卓穿着朝服，乘车入宫，沿路警卫森严，吕布全副武装前后巡逻。但是董卓不知道，吕布暗中命令骑都尉李肃领十余勇士，冒充卫士，埋伏在宫门内。

董卓的车子才进宫门，李肃发动突击，戟刺董卓前胸。董卓内穿铁甲，戟不能刺入，滑开，只伤到手臂。

董卓跌下车子，回头大呼："吕布何在！"

吕布大声说:“奉诏诛杀贼臣。”

董卓破口大骂:“狗崽子,胆敢如此!”

骂声未绝,吕布的戟已经刺进董卓身体(吕布力大,戟能穿甲),命士兵斩下董卓人头。

长安居民为此大喜,妇女卖掉首饰和衣裳换钱买酒肉,人们在街上歌舞,在闹市庆贺,人山人海。郿县坞堡里的董家亲族,不分老幼都被杀死。董卓的尸体被曝放在市场示众,肥胖的尸体因天热而油脂流满地面,守尸官吏在尸体上插了一支巨大灯芯,点燃,持续烧了一天一夜。

独夫伏罪,可是接下来的整肃,却让正义变成了“程序不正义”。

【原典精华】

允因以诛卓之谋告布，使为内应。布曰：『如父子何？』曰：『君自姓吕，本非骨肉。今忧死不暇，何谓父子？掷戟之时，岂有父子情邪！』

——《资治通鉴·汉纪五十二》

㉓ 蔡邕一声叹息

董卓死了，长安城内万民鼓舞欢欣，可是却有一个人因为一声惊叹而被杀。这个人就是本书最前面提到，校写《熹平石经》的蔡邕。

蔡邕一度受到汉灵帝刘宏的重用，并准许他以“皂囊封上”（上书密封在黑布囊中）。这项特权其实害了蔡邕，因为宦官群将无法探知主使的密告全都算在蔡邕头上。其结果是，蔡邕第一次被放逐朔方（北方边塞），得赦后，又被宦官追杀，浪迹江湖十二年。

董卓入京，把持政府，特别征召蔡邕，蔡邕推辞说生病。董卓派人传话给他：“告诉他，我有权屠人三族！”蔡邕只好赴洛阳报到。董卓大喜，请他担任国子监祭酒，相当于唯一一所大学的校长。后来蔡邕一路升官，曾在三天之内，历遍“三台”：尚书台（行政）、御史台（监察）、谒者台（宣传），最后升任侍中（二千石，得出入宫廷）。

吕布杀了董卓，消息传到王允的司徒府，蔡邕正好在座，当场为之叹息。

王允立刻变脸，厉声斥责："董卓是大奸巨贼，汉王室差点就让他倾覆了。你是国家的高级官员，应该立场一致，同仇敌忾。居然因为他对你的一点私恩，而表示悲痛，难道你跟他是叛逆同党！"下令逮捕蔡邕，送交廷尉审讯。

蔡邕在狱中写悔过书，说："我虽然听命董卓，可是古今君臣大义却非常明白，岂可能背叛国家，效忠董卓？如今只求得免一死，甘愿受黥首刖足之刑，让我完成汉史。"

蔡邕不提撰史，说不定还死不了，一提撰史，尤其他说愿接受肉刑，就是要效法司马迁，因而愈发坚定王允要杀他的决心。

原来，王允是一位卫道士，曾经批评《史记》是一部"谤书"。而他指责蔡邕事奉过董卓，心里却明白，自己也曾事奉过董卓。所以，王允怕的就是据实记录的史家。

蔡邕终于不免于死，全力营救蔡邕的太尉马日磾私下说："王允莫非已做好了绝后的准备？"因为王允杀史官、废经典，只顾眼前，完全不考虑后人。

【原典精华】

邕谢曰："身虽不忠，古今大义，耳所厌闻，口所常玩，岂当背国而向[1]卓也！愿黥首刖足，继成汉史。"

——《资治通鉴·汉纪五十二》

①向：心向。

㉔ 凉州兵变

如今的长安政权，由王允与吕布共同执掌，可是王允视吕布为一介武夫，不但对吕布的政治建议不予重视，甚至在如何处置董卓的凉州军团问题上，也不听吕布的意见。

吕布起初建议将董卓的将领斩草除根，王允说："他们没有罪，不可。"可是王允拟具了赦免诏令（以汉献帝名义），却又下令不要颁布。

既不颁布赦令，王允却又决定解散凉州军团。有人警告："凉州兵担心生命不保，恐怕后果难料。"王允说："不对。如果大军继续驻屯险要，反而让关东义军起疑，而关东义军是我们的盟友，所以凉州军团必须解散。"

王允这种思考，证明他完全不了解状况。关东诸侯当初联合讨伐董卓，就不全然是为了勤王。经过这一段时间的相互征伐，胜利者自己任命官吏，早就无视长安政权，即使王允开关欢迎关东军队，他们也肯定不是王允的"盟友"。

不过王允并没有机会为此伤脑筋，因为凉州军团先造反了。

董卓手下大将李傕、郭汜，派人去长安，请求颁布赦免令。王允回答说：“同一年之内，不可以颁布两次赦令。”不答应。

李傕等西凉将领不知如何是好，有意遣散部队，各自逃回家乡。

凉州军团讨虏校尉贾诩说：“你们如果抛弃大军，单独行动，则一个亭长就能收拾你了。不如团结一致，向西进攻长安，为董公（董卓）报仇。大事若成，则挟天子以号令天下；若不成功，再逃命不迟！”

于是凉州将领相互结盟，聚集数千军队，日夜行军，向长安前进。

而王允的对策却是：火上加油！

他召来二位有声望的凉州豪族胡文才与杨整脩，不假辞色，对他们说：“那些鼠辈想干什么？你去叫他们解散军队，来长安商量！”胡、杨二人闷声不吭退出，前往见到李傕、郭汜等，鼓动他们加速进军。

李傕等一路号召失散的凉州士兵，到达长安时，已经有十余万人众。吕布手下的四川军团叛变，打开城门，吕布不敌，率领数百骑兵突围，逃出长安。

凉州军团挟持汉献帝，杀了王允与其他大臣。长安政权现在由李傕、郭汜当家，凉州将领全都封侯。

【原典精华】

王允以胡文才、杨整脩皆凉州大人[1]，召使东，解释之，不假借以温颜，谓曰：『关东鼠子，欲何为邪？卿往呼之！』于是二人往，实召兵而还。

——《资治通鉴·汉纪五十二》

①大人：地方豪族。

㉕ 奉天子以令不臣

关中发生巨变的同时，曹操在关东群雄中异军突起。

曹操当时是东郡太守，东郡属兖州，由于天下大乱，民不聊生，民变又起，再打起黄巾旗号。而兖州刺史刘岱率军平乱，却被黄巾击败，身亡。

兖州群龙无首，东郡一位游士（纵横家）陈宫前往昌邑游说别驾、治中（郡太守的高级幕僚），请曹操来主持兖州。一向赏识曹操的济北国相鲍信大敲边鼓附和，于是曹操成了兖州刺史。

曹操清剿黄巾军，起初并不顺利，可是他能在失败中汲取教训，并且善用奇兵计谋，终于一步步将黄巾收剿。最后，三十万武装起义军（连同眷属超过百万）都归附曹操，曹操遴选精锐，称之为青州兵。

曹操聘陈留同乡毛玠为治中从事，毛玠向曹操提出一个超级策略："当今天下分崩离析，皇帝流离播迁，人民百业全废，政府连一年的存粮都没有，人民没有安居之志。只有仁义之师才能取胜，只有财源丰高才能聚人。我们应该尊奉天子以贬抑‘不臣’的诸侯，同时奖励农耕以积存粮草。如此则霸业可成。”

这是曹操后来“挟天子以令诸侯”大战略的嚆矢。当群雄割据，相互攻伐之时，有一个人跳出来尊奉天子，就能立即占据道德制高点。事实上，这是春秋时齐桓公“尊王攘夷”的变化型。

聪明如曹操，当然一听就懂。立即派出使节前往关中，表达向皇帝效忠之意。

关中当时是李傕、郭汜当家，他们虽不相信曹操的诚意，可是他们却不能阻止任何人尊奉天子，只能以同样厚重的礼物回报曹操——这又是“道德制高点”发挥的作用。

接着，曹操将军队由山东向中原移动。这时，原本据守南阳的袁术，在孙坚阵亡后，挡不住刘表的压力，于是向东移动。

曹操与袁术在封丘（在今河南省新乡市）对上了，曹操一再击败袁术，袁术一退再退，退到了淮河流域，以寿春（遗址在今安徽寿县）为根据地，自封扬州牧。

这时，曹操的西进脚步被一个变故打乱——他的父亲曹嵩横死。

【原典精华】

玠言于操曰：『今天下分崩，乘舆[1]播荡，生民废业，饥馑流亡，公家无经岁之储，百姓无安固之志，难以持久。夫兵义者胜，守位以财，宜奉天子以令不臣[2]，修耕植以畜[3]军资。如此，则霸王之业可成也。』

——《资治通鉴·汉纪五十二》

①舆：皇帝车仗。乘舆：指皇帝。

②不臣：不效忠朝廷的逆臣。

③畜：同“蓄”。

㉖ 陶谦截杀曹嵩

曹操命泰山太守应劭去琅邪（今山东临沂市）接父亲曹嵩到兖州就养。曹嵩当年能用千金买到太尉官位，宦囊饱满，太尉任上，当然更加努力“捞本”。这一次搬家，单单载运金银绸缎珍宝的车子，就有一百余辆。如此招摇的车队，在经过阴平时，被徐州牧陶谦的部下盯上，一路追踪，选择适当地点，发动突袭，杀了曹嵩及其幼子曹德。

陶谦原本官位是徐州刺史，他和曹操一样，派人去长安向汉献帝刘协表态效忠。汉献帝下诏（其实是李傕下诏），擢升陶谦为徐州牧。可是陶谦和曹操不一样，他尊奉天子换得州牧之后，并没有进一步逐鹿天下的积极作为。他算是个好官，徐州在他治下一派升平，粮仓充实，家给富足，四方流民都前往投奔。可是这种好官在乱世却成不了英雄，甚至守不住地盘。

当时的品人权威许劭，也就是说曹操“治世之能臣，乱世之奸雄”那一位，当时因避难定居广陵。陶谦对他至为礼遇，可是许劭对门人说：“陶谦外貌忠厚，只不过是沽名钓誉。

他现在待我虽厚，只怕不能持久。”于是离开徐州。不久之后，陶谦果然逮捕流亡人士，世人遂佩服许劭的先见之明。

许劭确实有识人之明，可是他却不是有能力盱衡时势、提出方略的人才。他这种人才在陶谦的手下是没有用的，因为陶谦并没有雄心壮志，也就没有选拔人才的需求，所以不能怪陶谦对许劭只有“假客气”。

无论如何，陶谦在徐州的治绩，使得徐州成为一块肥肉，而陶谦没有野心，更使得这块肥肉引人觊觎，迟早会引来外兵侵犯。如今，陶谦手下劫杀曹嵩，当然就引来曹操的攻打。

曹操自东郡发兵，攻向徐州，连下十余城。曹操杀红了眼，将无辜的百姓，不分男女老幼，数十万人都驱赶到泗水，全部坑杀，泗水为之不流。

陶谦的部队退守郯县（今山东郯城县北），由于曹军残暴，郯县军民一心，死守县城，曹操久攻不下，只好撤退。回军途中，又屠三城，鸡犬不留，沿途城邑看不到一个行人。

【原典精华】

许劭避地广陵，谦礼之甚厚，劭告其徒曰：『陶恭祖[1]外慕声名，内非真正，待吾虽厚，其势必薄。』遂去之。后谦果捕诸寓士[2]，人乃服其先识。

——《资治通鉴·汉纪五十二》

①恭祖：陶谦字恭祖。

②寓士：因战乱客居徐州的知识分子。

㉗ 张邈叛曹迎吕布

曹操回到大本营鄄（juàn）城（今山东鄄城县），命荀彧、程昱留守，自己亲率大军，再对陶谦发动攻击，所过之处，都彻底破坏。

上一次，由于曹军残暴，人民与守军合力防御。如果陶谦是一个英雄人物，人民会甘愿团结在他的旗帜之下，但陶谦不是。因此当曹操大军再来，作风如前残暴，徐州人民选择逃命，而非抵抗。

陶谦一败再败，请来的援军田楷与刘备也被击败，陶谦震恐，打算逃回老家丹阳。

就在这个时候，曹操后方发生叛变。当初将他推上兖州刺史的陈宫，鼓动他的挚友陈留太守张邈背叛曹操，迎接吕布，曹操只好撤退。

张邈好侠仗义，跟袁绍、曹操都是朋友。袁绍担任关东盟主时，张邈曾经义正词严地责备袁绍态度骄傲。袁绍是个闻过则怒的人，命令曹操杀了张邈，曹操说："孟卓（张邈字）是我俩的挚友，纵有过失也应予包容。如今天下未定，怎么可以自相残杀？”

曹操任兖州刺史，张邈为陈留太守（陈留是曹操最初起兵之地）。曹操第一次出征陶谦，报父仇心切，不作生还打算，对家人说：“我如果不能生还，你们就去投靠孟卓。”

如此生死相许的朋友，却因陈宫一席话而起异心，令人费解。《三国演义》写陈宫因曹操说出“宁我负人，毋人负我”而背弃曹操，虽是小说硬牵托，但也只有陈宫游说张邈，才具有说服力，因为陈宫曾经有恩于曹操。

至于吕布，在退出长安之后，先后投奔袁术、袁绍与河内太守张杨，都是因为他骄傲横暴而无法与人合作。陈宫对曹操起了异心，却选择了吕布，其识人的能力是有问题的。但张邈是性情中人，对吕布十分倾心，认为他武艺超群，是个英雄人物，因而接受了陈宫的游说。

吕布到达东郡，张邈派人对留守鄄城的荀彧说：“吕布前来助曹公作战，请准备粮秣。”荀彧是曹操帐下首席智囊，曹操曾称许他是“吾之子房”（张良字子房，后代很多开国君主都有一位“吾之子房”）。荀彧研判吕布来意不善，张邈可能叛变，乃下令全城动员，严密戒备。

东郡太守夏侯惇（dūn）从濮阳率军进入鄄城协防，当天深夜，逮捕参与张邈、陈宫阴谋的叛徒，诛杀数十人，稳住形势。

【原典精华】

操之前攻陶谦，志在必死，敕家曰：『我若不还，往依孟卓。』后还见邈，垂泣相对。

——《资治通鉴·汉纪五十三》

㉘ 典韦临危之戟

荀彧与夏侯惇死守鄄城，吕布一时攻不下，将部队向西撤退，驻屯濮阳。程昱则稳住范县（今河南濮阳市范县）、东阿（今山东聊城市东阿县），挡住陈宫军队，并维持曹操大军回防鄄城的路线。

曹操回到兖州，虽然地盘只剩鄄、范、东阿三城，可是他分析："吕布在短时间内拿下一个州（兖州），不晓得据守东平，切断亢父、泰山要道，占据险要以截击我的归路，反而屯驻濮阳（富饶之地），可见他不懂兵法，不可能有大作为。"即刻部署反攻。

曹操对吕布的一支军队发动夜袭，得手。还来不及撤退，吕布已经亲率援兵杀到。这一战，从清晨杀到黄昏，决斗数十回合，吕布越战越勇。曹操见难以抵挡，招募敢死队发动冲锋，以挫敌人锐气，敢死队由司马典韦率领。

吕布军队弓弩齐发，箭如雨下。典韦正眼都不瞧一下，吩咐左右："敌人距十步时告诉我。"

左右说："敌人已经十步了。"

典韦仍不动作说："五步时再告诉我。"

敌人逼近，敢死队员承受极大压力，急喊："敌人来啦！"

典韦手持铁戟，大吼一声跃起，杀入敌阵，挡者应手而倒，这才让吕布的军队稍稍后撤。这时，暮色渐垂，曹操趁机脱离战场。曹操擢升典韦为都尉，统领近身侍卫数百名，日夜保护大帐。

曹操又攻濮阳，被吕布击败，在乱军中被吕布手下骑兵逮到，可是那家伙不认识曹操，问："曹操在哪里？"

曹操用手乱指，说："那个骑黄色马逃走的就是。"骑兵追赶上去，曹操乃得逃脱。

双方在兖州境内互有胜负。袁绍派人来劝曹操将家小迁往冀州州治邺城，曹操有些心动。可是程昱力劝："将军自认能居袁绍之下吗？以将军的能力，难道要蹈韩信、彭越的覆辙吗？如今兖州还有三城，战士不下万人，仍大有可为。"曹操这才放弃了依附袁绍的打算。

原本曹操是因为兖州生变而停止攻打徐州。如今曹操与吕布在兖州相持不下，徐州的陶谦却反而撑不住了。那又是怎么一回事？

【原典精华】

司马陈留典韦将应募者进当之，布弓弩乱发，矢至如雨，韦不视，谓等人曰：『虏来十步，乃白[1]之。』等人曰：『十步矣。』又曰：『五步乃白。』等人惧，疾言『虏至矣！』韦持戟大呼而起，所抵无不应手倒者，布众退。会日暮，操乃得引去。拜韦都尉，令常将亲兵数百人，绕大帐左右。

——《资治通鉴·汉纪五十三》

①白：告知。

㉙ 麋竺迎刘备，陶谦让徐州

曹操撤回兖州，陶谦为之松了一口气。可是这口气才一松，却从此“紧”不上来，因为他病了，而且病得很重。陶谦有两个儿子，可是知子莫若父，他心里明白，自己的两个儿子不可能在这个丛林法则的乱世中守住徐州。与其兵败被灭族，不如找一个英雄人物来守徐州。

在此之前，当曹操第一次攻打徐州时，陶谦向青州刺史田楷（公孙瓒任命）求援，田楷知道刘备在平原集结了数千人的武力，就要刘备同去徐州。到了徐州，刘备向陶谦输诚，陶谦拨四千人军队给他，合为一万人。刘备乃从公孙瓒集团“跳槽”到了陶谦集团。陶谦“表”（形式上得上表朝廷）刘备为豫州刺史，驻扎小沛（今江苏徐州市沛县），协防徐州。

陶谦病重，对别驾（州政府的行政官）麋竺说：“眼前除了刘备，没有人能保护本州平安。”

陶谦病逝，麋竺率领徐州官员及士绅，前往小沛，迎接刘备。

刘备对徐州各界领袖表示不敢当，说：“袁术驻在寿春，距离徐州很近，各位可以请他来领导徐州。”

典农校尉陈登说：“袁术为人骄傲，作风奢侈，不是治理乱世的领袖人物。我们如今献上的步骑兵超过十万，阁下可以此辅佐君主，拯救人民，为什么反而拒绝呢？”

北海国相孔融对刘备说：“袁术岂是会为国家操心而忘掉自己身家的人？他根本就是坟墓里的一副枯骨，不值得介意。今天的情形，徐州百姓选择贤能，上天将徐州赐予您，如果不接受，将来恐怕追悔莫及。”刘备这才接受。

糜竺祖上世代经商，家中僮仆宾客上万人，资产以亿计。在汉朝重农抑商政策之下，商人子弟不可能入仕。可是在天下分崩的乱世，有钱才能募兵、聚集人才，因此陶谦延揽他为别驾。

糜竺从此追随刘备，并且将妹妹嫁给刘备，陪嫁奴仆二千人，供输金银货币，帮助刘备养军队。在诸葛亮出山之前，糜竺是刘备最重要的幕僚。

【原典精华】

北海相孔融谓备曰：『袁公路岂忧国忘家者邪！家中枯骨，何足介意！今日之事，百姓与能；天与不取，悔不可追。』备遂领徐州。

——《资治通鉴·汉纪五十三》

㊂㊉ 孙策出走

刘备领有徐州，没给袁术拿去，而袁术仍然只能借着家世显赫撑住场面。之前在南阳，靠孙坚帮他打仗，辗转到了寿春，靠的还是姓孙的。

孙坚战死时其长子孙策才十七岁，孙策奉迎老爹回故乡安葬，后定居江都，广交天下英豪。

袁术原本将孙坚的旧部交给孙贲（孙策的堂兄），孙策到寿春晋见袁术，向他输诚，表达接收老爹旧部的意愿。

袁术对眼前这个英气焕发的少年大感惊奇，却不肯交给他孙坚的军队，推辞说："我教你舅父吴景当丹阳太守，你堂兄孙贲当丹阳都尉，丹阳一向以出产精兵闻名，你可以就地招募军队。"

孙策靠着舅舅，招募数百兵众，却遭当地土豪部曲袭击，差点没命。于是再去见袁术，袁术才拨给他一千余人（孙坚旧部有数千人）。

后来孙策日益壮大，袁术答应任命他为九江太守，可是食言，改派陈纪。

陶谦死了，刘备领有徐州。袁术想要攻打徐州，向庐江（今安徽合肥市庐江县）太守陆康索取米粮三万斛，陆康拒绝。

袁术大怒，命孙策攻击陆康，再度承诺："之前错用了陈纪，始终感到遗憾。这次若能逐走陆康，庐江太守就真是你的了。"孙策出兵，攻下舒县（庐江郡治），可是袁术再次食言，任命自己的老部下刘勋为太守，孙策再次落空。

袁术在寿春的主要对手是扬州刺史刘繇，双方互有胜负，相持数年。孙策知道，自己在袁术手下，永远出不了头，恐将步老爹孙坚后尘。于是向袁术主动请缨，领军平定江东。

袁术同意，可是只拨给他士兵一千余，马数十匹。孙策接受，而愿意追随他的宾客却有数百人。孙策边走边招募军队，到达历阳时，已经有五六千人，自此展开在江东的事业。

【原典精华】

术初许以策为九江太守，已而更用丹阳陈纪。后术欲攻徐州，从庐江太守陆康求米三万斛，康不与。术大怒，遣策攻康，谓曰：『前错用陈纪，每恨本意不遂，今若得康，庐江真卿有也。』策攻康，拔之，术复用其故吏刘勋为太守，策益失望。

——《资治通鉴·汉纪五十三》

㉛ 吕范整饬军纪

孙策渡过长江南下，一路辗转作战，战无不胜。到后来，地方官吏听说“孙郎”兵到，多有弃城逃走者。那一年，孙策二十一岁，年轻英俊，因此江东人呼他孙郎。

至于孙策战无不胜的最重要因素，应该是军纪严明。在那个兵荒马乱的年代，“贼来如梳，兵来如剃”，老百姓被搜刮一空。可是孙策严格管束军队，百姓的一条狗、一只鸡，甚至一棵青菜都不许侵犯，人民欢迎孙郎军队，竞相以牛肉和美酒劳军。

依柏杨的说法，这是《资治通鉴》第一次有关军纪严明的记载——自战国时代以降，五六百年来的第一次。加上孙策本人是位魅力型领袖：英姿焕发、言谈幽默、性格豁达，能接受意见，又知人善任。所以士人与平民都愿意为他尽心，甚至效死。

孙策最重要的一战，是打败扬州刺史刘繇，刘繇被江东地方武力推为盟主，却不堪孙策一击，撤退到丹徒（今江苏镇江市内）。而孙策则进入刘繇大本营曲阿（今江苏丹阳市内），接收所有粮秣与装备，刘繇旧部一概既往不咎。不想再当兵的，绝不勉强；愿意当兵的，全家只取一人，且免除全家差役赋税。如此大气作风，在十天之内，集结二万余人军队，威震江东。

孙策的部将吕范主动请命："将军的事业蒸蒸日上，部众一天比一天壮盛，可是新组成的部队纲纪尚未能整饬，我愿暂时担任军法总监，帮助将军整饬军纪。"

孙策说："你已经是将军级，指挥庞大的战斗队伍，且曾建立大功劳，怎么可以委屈你担任那种低阶职务呢？"

吕范说："我离乡背井投效在将军麾下，可不是为了妻子儿女，而是要救国救民。当前的情势，大军犹如同舟涉海，一个环节失误，全体都会一同遭殃。所以，我来负责军纪，不仅仅是为了将军，也是为自己打算啊！"

孙策说不过他，无话可答。吕范辞出后，脱下高级将领衣服，改穿战斗人员制服，手执皮鞭到军法处就任。孙策于是正式任命，授权他整肃军纪。

孙策在曲阿还得到一位人才：张昭。孙策对张昭执师友之礼（古制师、友都是老师的称呼），并说："从前管仲担任齐国宰相，齐桓公称他'仲父'，大小事都由他决定，终于称霸诸侯。如今子布（张昭字）贤能，我也大小事都交给他处理，所有功名不也都归于我吗？"

孙策在江东打开一个局面，远离关东乱战之局，是后来东吴能"天下鼎足居其一"的关键。

与此同时，关中政权也发生了剧烈变化。

【原典精华】

范曰：『不然。今舍本土而托将军者，非为妻子也，欲济世务也。譬犹同舟涉海，一事不牢，即俱受其败。此亦范计，非但将军也。』

——《资治通鉴·汉纪五十三》

㉜ 关中内战

王允被杀以后的长安朝廷，由凉州军团三将领：李傕、郭汜、樊稠把持，而三将矜夸，冲突随时发生。

董卓死的那一年，三辅（大长安地区）居民还有数十万户。经过两年的军阀统治，军纪败坏，百姓遭殃，再加上旱灾饥馑，竟致“人民相食”！

盘踞陇右（甘肃和新疆大部）的变民领袖马腾、韩遂在董卓掌权时被收编，马腾与韩遂接到“密诏”（其实是某些官员伪造），要他们出兵诛杀李傕，于是起兵攻打长安。长安政权由樊稠领兵对抗。

李傕的侄儿李利作战不卖力，被樊稠训斥说：“人们都要砍你叔父的人头，你还仗什么势？难道以为我不敢杀你？”

之后，两军交战，韩遂败退，樊稠追击。韩遂派人去对樊稠说：“我俩并无私仇，且谊属同乡（都是凉州人），请准许我见你一面，从此告辞。”于是两人撤去卫士，匹马上前，肩臂相接，交谈许久，始行辞别。

韩遂这一招是离间之计，但樊稠未警觉。而李利当然不会放过如此大好机会，回去就向李傕报告，“两人马头相交，不知道谈话内容，但情意浓密”。于是李傕邀请樊稠出席军事会议，就在会议上，伏兵狙杀樊稠。

这下子，郭汜的疑虑大为提高。而郭汜经常去李傕家饮酒，有时还留宿，郭汜的妻子怀疑郭汜有情人，于是心生一计。

一次，李傕赠送美食给郭汜，郭汜的妻子在里面加入豆豉，还挑出来给郭汜看，说：“一个木架上尚且容不下两只公鸡，我真不明白，你怎么那么信任李傕？”

又一次，郭汜从李傕家饮宴回来，肚子感觉绞痛，郭妻灌他大量粪汁，让他呕出胃中食物（以为有毒药）。于是郭汜集结军队，攻击李傕，凉州军团开始内战。

兵连祸结，人民倒霉。汉献帝派宫廷官员尚书、侍中等从中调解，可是双方都不接受。

郭汜阴谋劫持皇帝到他的军营，可是李傕先动手，派出三辆车，将汉献帝“迎”出皇宫，百官们只能徒步追随。

皇帝才出宫，军队就进入皇宫劫掠，然后纵火，政府官舍全都化为灰烬。

【原典精华】

傕数设酒请郭汜，或留汜止宿。汜妻恐汜爱傕婢妾，思有以间之。会傕送馈，妻以豉为药，摘以示汜曰：『一栖不两雄，我固疑将军信李公也。』他日，傕复请汜，饮大醉，汜疑其有毒，绞粪汁饮之，于是各治兵相攻矣。

——《资治通鉴·汉纪五十三》

㊂㊂ 流浪天子回洛阳

李傕、郭汜在长安相互攻击，一连数月，杀人超过一万，引来另一位凉州军团将领，镇守弘农（今河南灵宝市）的张济率军进入长安，说是来调解李、郭冲突，真正目的则是将皇帝“迎”往弘农。而汉献帝刘协也思念洛阳（其实洛阳城已是一片焦土，只不过，刘协在长安城却度日如年），乃配合张济，派高官调解李、郭矛盾。

李傕、郭汜双方实力都受损，终于答应，相互交换女儿当人质，并同意皇帝东还。

于是张济与郭汜的军队护送天子出长安，御驾才过护城河桥，官兵齐呼“万岁”，以为脱离李傕魔爪了，其实他们的噩梦才刚要开始。

首先是郭汜改变主意，企图将天子护送到高陵（郭汜的大本营），军阀与高官争吵数日不决，搞到皇帝刘协绝食，郭汜才妥协。

可是郭汜的部将却自作主张，纵火，想要趁乱劫持皇帝西还，刘协避往杨奉（原本是变民军领袖，如今是禁军将领）

军营，且战且走，到达华阴（位处陕西、山西、河南交界）。

华阴守将段煨早已准备好皇帝及三公等高官的各种器用与粮食，表达意愿，希望皇帝进驻他的军营。可是随行军队的首领一口咬定段煨打算谋反，主张攻击段煨。皇帝刘协坚持不肯下诏出兵，并认定段煨不会谋反，但杨奉等仍然出兵攻击段煨，双方打了十余日，皆无进展，段煨在战斗期间仍供应皇家及百官饮食无缺。

这时，李傕、郭汜才发现自己愚不可及，竟然让皇帝脱离掌握，于是出兵“迎接”皇帝西还，与张济结盟，帮助段煨击溃“杂牌禁军”。

李傕、郭汜的军队，包围御驾队伍，鼓噪呼叫，皇帝刘协率同三公、尚书等官员，徒步冲出，赖几名勇士一路血战突围，鲜血甚至溅到伏皇后的衣服上。一行冲到黄河边，堤高十丈，派人用绸缎背起刘协下堤，其他人匍匐爬行下堤。奔到水边，众人争先恐后抢上船，董承、李乐操起戈矛阻止，船中砍断的手指头，多到可以用手捧起来。一条船上只容得下皇帝、皇后及另外数十人，其他上不了船的宫女、官兵，都被追兵掠夺，衣服被剥下，因此冻死者不计其数（当时是农历十二月）。

皇帝一行渡过黄河，才算脱离了凉州军阀的控制。这时，朝廷正式派任的河内太守张杨，派了数千军队前来“进贡”，皇帝刘协乃能乘坐牛车前往安邑（今山西运城市夏县）。安邑是河东郡治，于是河东太守王邑与河内太守张杨都封侯，开府仪同三司（官属与排场比照三公），各路军队将领也都一一封官，刻印都来不及，索性用铁锤来刻画。

最终，刘协在张杨的护送之下抵达洛阳。

洛阳的宫殿与办公区都已是一片焦土，皇帝住进仅存的南宫，文武官员只能倚靠断垣残壁居住，中下级官员还得到野外采摘野菜果腹，情况狼狈。

【原典精华】

河岸高十余丈，不得下，乃以绢为辇，使人居前负帝，余皆匍匐而下，或从上自投，冠帻皆坏。既至河边，士卒争赴舟，董承、李乐以戈击之，手指于舟中可掬[1]。……不得渡者，皆为兵所掠夺，衣服俱尽，发亦被截[2]，冻死者不可胜计。

——《资治通鉴·汉纪五十三》

①掬：jū。双手捧起。

②截：斩断。

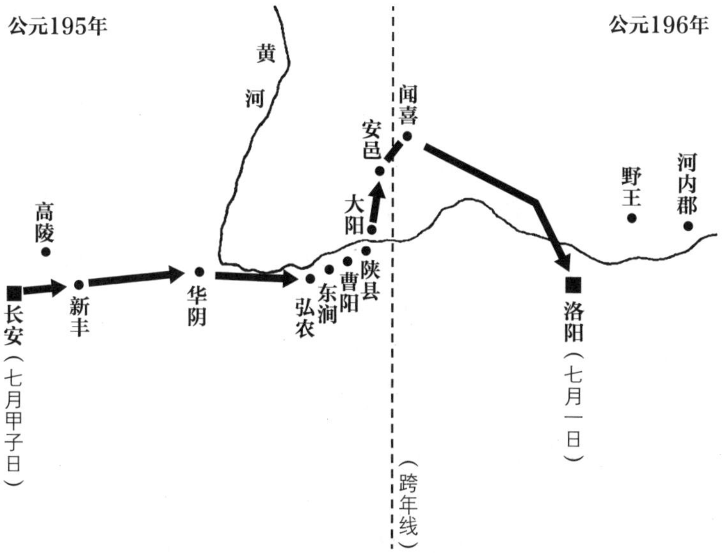

△汉献帝逃出长安回到洛阳

㊂㊃ 袁绍错失良机

连地方小军阀都起意“迎天子”了，可是之前的诸侯盟主袁绍却仍“执迷不悟”。

袁绍的智囊沮授向他建议：“将军的家族累世担任国家重臣，如今皇帝流离失所，各地州郡虽然打着忠义旗号，实际上都在干相互吞并的事情，没有人真正忧国恤民。我们冀州已经初步稳定，兵强马壮，如果西向迎接天子，迁都邺城，挟天子而令诸侯，讨伐不服从朝廷的家伙，谁能抵挡？”

可是袁绍的另外两个智囊郭图、淳于琼却反对这个意见，说：“汉王室已经衰落很久，想要振兴，谈何容易？况且，当今英雄并起，各据一方，拥有万人以上部众者比比皆是，这正是所谓‘秦失其鹿，先得者王’。如今如果迎接天子来到自己的地盘，一举一动都要得到批准。听他的，难免削弱自己的权力；不听他的，反而变成抗命。那可不是善策！”

沮授说：“现在迎接皇帝，在大义上是得到正当性，在时间上正是契机。如果不早做决断，恐怕被别人占先了。”可惜袁绍终是未能抓住这个机会，果然让别人占了先。

袁绍不是听不进“挟天子以令诸侯”的建议，毕竟他比异母弟袁术一心想自己当皇帝高明得多，也曾想要拥刘虞为帝，好与长安朝廷相抗。他不采纳沮授献策的原因之一，是当初董卓要废掉皇帝刘辩（汉灵帝的太子继位），另立刘协时，袁绍曾经拔剑跟董卓互呛（事见第十章）。因此袁绍对汉献帝一直有心结，不愿承认这个皇帝。

袁绍是士家大族，以上所述是士家子弟好面子的通病。可是袁绍始终没采纳沮授的“挟天子以令诸侯”大战略，另外一个重要原因是有郭图、淳于琼这种智囊：老板若当皇帝，自己起码是尚书；迎来天子，则那些没用的官僚就占去了尚书的位子，自己只能当“别驾”。这种幕僚，考虑自己的官禄，比考虑老板前途更多，而袁绍始终没想通这一点。

【原典精华】

沮授说袁绍曰：『……今州域粗[1]定，兵强士附，西迎大驾，即宫邺都。挟天子而令诸侯，畜士马以讨不庭[2]，谁能御之！』

颍川郭图、淳于琼曰：『汉室陵迟[3]，为日久矣，今欲兴之，不亦难乎！……所谓秦失其鹿，先得者王。今迎天子自近，动辄表闻，从之则权轻，违之则拒命，非计之善者也！』

授曰：『今迎朝廷，于义为得，于时为宜，若不早定，必有先之者矣！』绍不从。

——《资治通鉴·汉纪五十三》

①粗：大致。

②不庭：不效忠朝廷。

③陵迟：像丘陵坡度渐远渐弱，比喻渐渐衰败。

㉟ 袁术称帝，自我感觉良好

袁绍只是不愿意奉迎天子，袁术则是想自己当皇帝想疯了，因此将谶书上一句“代汉者当涂高也”硬套到自己头上：袁术字公路，涂同途，路也是途。汉朝流行五行思想，而袁姓的祖先可上溯到舜，帝舜的代表色是黄色，汉朝的代表色是红色。而五行“火生土”，正是黄色取代红色。如此一番复杂且牵强的逻辑，其实只说明了，袁术一脑门子想当皇帝，已经无可救药。

当初孙坚第一个打进洛阳城，在宫中井里捞到传国玉玺（汉献帝逃出宫，回来时已找不到），一直留着。袁术一再支使甚至欺骗孙坚、孙策父子，虽听说孙坚藏了玉玺，但并未强取。

等到汉献帝刘协逃出长安，流离失所，随时可能丧命。袁术认为他的时机到了，乃强迫孙坚的遗孀交出传国玉玺。然后召集部属，商议称帝要用什么尊号。全场没有人敢答话，主簿阎象说：“阁下虽然累世显要，可是汉室并无从前商纣王那样的暴政（尚未到灭亡的时候）。”袁术闻言不爽，可是没办法反驳。

幕僚不支持，袁术改找术士帮忙。先是重金延聘当时的一位隐士张范，张范不接受，教弟弟张承去。袁术对张承说："我的土地广大，军队众多，想要比肩齐桓公，直追汉高祖，先生认为如何?"张承委婉地说："得天下在于恩德，不在于武力强大。如果一意孤行，会被天下人唾弃。"

不过袁术终于还是找到一个愿意配合他的术士，名叫张炯。他们拿出一卷"符命"（表示应天受命的文书），于是袁术称帝，帝国名为"仲家"。

孙策在袁术称帝前夕，写信给袁术，信上说："以董卓之凶暴，欺上凌下，权力大到没有人能节制，甚至废黜皇帝，另立新君。他都不敢自己坐上龙椅，如此仍然令天下人痛恨他。你怎么会起念效法他，还做出更严重的事情呢? ……时下人们迷信图谶，随便一个江湖术士将不相干的文句拼凑起来，只为了拍老板马屁，而不考虑成败。自古以来最慎重的事情（称帝），阁下应该三思而行!

袁术当然没听他的，但是对于一向被自己玩弄于股掌之上的孙策，居然表态反对他，甚感沮丧。事实上，孙策那时候已经在江东站稳脚跟，也看出袁术已经鬼迷心窍，于是自此不听袁术的了。

【原典精华】

孙策闻之，与术书曰：『……且董卓贪淫骄陵，志无纪极，至于废主自兴，亦犹未也，而天下同心疾之，况效尤而甚焉者乎！……时人多惑图纬之言，妄牵非类[1]之文，苟以悦主为美，不顾成败之计。古今所慎，可不孰虑！』

——《资治通鉴·汉纪五十四》

①非类：不相干。

㊂㊅ 曹操迎天子

袁绍放弃了“挟天子以令诸侯”的建议，机会留给了曹操。

曹操当时驻军许县（今河南许昌市），与吕布、袁绍等还在纠缠，可是他眼光独到，认为奉迎天子是当前最佳战略。幕僚虽有不少反对意见，可是主要智囊荀彧极力支持，于是派曹洪率军西上。

董承等不愿让皇帝落入曹操之手，议郎董昭伪造曹操私函，给禁军将领中人脉最简单的杨奉，表达合作之意。杨奉认为曹操可以成为他的外援，大喜，与诸将联名推荐曹操为镇东将军，承袭从前曹嵩的费亭侯爵位。

曹操军队于是进入洛阳，并被任命为司隶校尉录尚书事，等于掌握了中央行政与首都治安的大权。

曹操请董昭并肩而坐，向他请教下一步该怎么走。

董昭说：“京师当下各路人马组成复杂，不可能听你之命行事，你留在洛阳，有太多难以克服的困难，唯一的方法是请皇帝移驾许县。问题是，皇帝经过那么长的一段流离（时间一年，距离千里），才刚回到旧京，各方都期待安定，徙驾恐怕不合当前人心。然而，要想成就非常事业，必须采取非常行动，请将军考量什么才是最大利益。”

曹操其实心里想的就是这个，既然董昭英雄所见略同，于是请教实际行动该如何。董昭教曹操，先答谢杨奉之前的盛意，同时以京师缺粮为由，建议皇帝暂时移驾鲁阳（今河南鲁山县），方便许县输送粮食。

杨奉收了曹操的厚礼，同意了曹操的建议，于是，汉献帝车驾又出了洛阳。才走到半途，曹操已“奉诏”擢升为大将军，而许县也开始兴建皇室宗庙与社稷等。杨奉这才发现不对，出兵截击皇帝车驾。这都在曹操算计之内，杨奉遭到伏击，大败，向东南投奔袁术。

【原典精华】

操引董昭并坐，问曰：『今孤来此，当施何计？』昭曰：『……此下诸将，人殊意异，未必服从，今留匡弼[1]，事势不便，惟有移驾幸[2]许耳！然朝廷播越[3]，新还旧京，远近跂望[4]，冀一朝获安，今复徙驾，不厌[5]众心。夫行非常之事，乃有非常之功，愿将军算其多者。』

——《资治通鉴·汉纪五十四》

①匡弼：辅佐重任。

②幸：皇帝到临称“幸”。

③播：迁徙。越：穿越。播越：长途迁徙，流离失所。

④跂望：踮脚翘望，企望。

⑤不厌：不满足，不合。

㊂㊆ 郭嘉弃袁绍投曹操

汉献帝下诏给冀州牧袁绍，责备他拥有广大辖区，却只顾建立私人地盘，没有任何勤王之举。这是曹操“挟天子以令诸侯”，对袁绍射出的第一箭。

当时袁绍任命儿子袁谭为青州刺史，袁熙为幽州刺史，外甥高干为并州（山西及陕西部分地区）刺史。这道诏命说中了要害，袁绍急忙上书自责，只敢婉转地自圆其说。

第二箭接着发出：汉献帝下诏任命袁绍为太尉，封邺侯。

太尉是三公之一，袁绍自父亲以上，四世五公，他是第五世第六公。可是袁绍对此大为光火，因为太尉掌军事，而曹操的官衔是大将军，地位在他之上。如果诏命袁绍为司徒或司空，就没这一层考量，所以，这又是曹操精心设计的一“箭”。

袁绍上书拒绝接受任命，曹操不想此时跟袁绍摊牌，于是上书请求，把大将军职位让给袁绍。最后折中解决，诏命曹操为司空，代理车骑将军——曹、袁平行了，但中央政府的兵权仍在曹操掌控中。

其实，职衔在那时候已无意义，袁绍也不可能到许都（皇帝驾幸后，许县改名许昌，因成为国都，故称许都）就任太尉，而曹操更大的“收获”，则是来了两位超级人才，荀攸与郭嘉。

荀攸是荀彧的侄儿，曹操聘他为军师，等同参谋长。相比之下，郭嘉的意义更大，因为他来自袁绍阵营。

袁绍对郭嘉相当礼遇，可是郭嘉发现，袁绍表面上礼贤下士，却不知道如何用，也就是“知而不能（任）用，用而不能行（只听不做）”，于是改投曹操。

曹操接见郭嘉，跟他谈论天下大势，大喜过望，说：“助我完成大业的，就是此人。”郭嘉辞出后，也大喜过望：“（曹操）真是英明领袖啊！”

郭嘉生活细节不甚检点，好几次被陈群指责，而曹操对陈群与郭嘉都同样尊重。郭嘉早死，后来曹操在赤壁之战铩羽而归，叹气说：“如果郭奉孝（郭嘉字）还在，绝不会让我遭受这场失败！”

【原典精华】

彧荐嘉，召见，论天下事。太祖曰：『使孤成大业者，必此人也。』嘉出，亦喜曰：『真吾主也。』

——《三国志·魏书十四》

㊳ 孔融失北海

跟曹操“大逆不道”作风相反的，是北海相孔融，也就是懂得“让梨”的那个神童。

孔融十岁时随父亲孔宙到了洛阳。当时司隶校尉李膺是士人领袖，得他一句称赞，立即身价百倍，时称“登龙门”，因而李府每天门庭若市。但若非有名望人士，或至亲好友，门房是不给通报的。

十岁的孔融到了李膺府上，对门房说：“我是李府君的亲戚。”于是门房为他通报。

李膺出来见客，问孔融：“你是我哪一门的亲戚啊？”

孔融答：“从前，我的祖先仲尼（孔子字）向阁下的祖先伯阳（老子李耳的字）求学问礼，有师生之谊，所以我们是累世通家之好。”

李膺与在场宾客都为之赞叹。过一会儿，来了一位宾客陈韪，有人跟他说，有这么一个聪敏的小孩，有那么一番对话。

陈韪说：“小时了了，大未必佳。”

孔融听了，立即接口顶了回去：“阁下小时候想必非常‘了了’吧？”陈韪登时对眼前这个小孩另眼看待。

孔融在当世确实才高名高，可是处于乱世，却不是一个守得住地盘的角色。他不会带兵打仗，只会礼贤下士，北海国一时有郑玄、左承祖、刘义逊等名士集合，孔融对他们待若上宾，但也只是“知而不用”。

北海郡处于袁绍、曹操、公孙瓒的势力之间，兵力薄弱、粮食不足，却又不跟任何一方结盟。左承祖建议孔融，选定一个强大的势力，作为依靠。孔融非但不听，反而翻脸将左承祖处死，吓得刘义逊逃往他处。

袁绍的儿子袁谭，被老爹任命为青州刺史，但青州另有一位公孙瓒任命的刺史田楷。袁谭击败田楷，将他赶回幽州，然后攻击北海。北海部队连战连败，只剩数百人，情势紧张时，孔融仍能倚案读书，态度从容。但从后来北海城破可见，他并不是胸有成竹，甚至称不得临危不乱，而只是自我感觉良好。

北海城破后，孔融逃入东山，妻儿被袁谭俘虏。最后，还是曹操收容了孔融，征召他到中央做官。

【原典精华】

太中大夫陈韪后至，人以其语语之。韪曰：『小时了了，大未必佳。』文举曰：『想君小时，必当了了』。韪大踧踖[1]。

——《世说新语·言语》

①踧踖：cù jí，恭谨小心的样子。

㊂㊈ 吕布辕门射戟

投奔曹操的还有一位，刘备。

刘备接下陶谦的徐州牧，没过几天好日子，他收容了流离的吕布，却被吕布抢走了徐州，自己屈身小沛。

一心想要称帝的袁术，看中徐州是一块肥肉，使出一计，向吕布提亲，自己的儿子娶吕布的女儿。吕布答应了，袁术于是派出大将纪灵，率步骑三万大军，攻击刘备。

刘备向吕布求救，将领们对吕布说："将军一直想要除掉刘备，现在正好借袁术之手。"

吕布说："不然。袁术如果击破刘备，他得了小沛之后，再联合徐州北边的几个小军阀，我们岂不陷入包围圈中？所以，不能不救刘备。"

吕布率领一支千人部队，驻军小沛城西南，派出使节邀请纪灵，纪灵正好也派人来邀吕布，吕布遂前往纪灵大营，同时邀刘备赴宴协商。

酒过三巡，吕布对纪灵说："刘备是我兄弟，他有难，我不能袖手旁观。但我天性不喜欢战斗，只喜欢排解纷争。"于是命人在大营辕门之前，竖插一支戟，说："各位请看我箭射戟头小支（戟有二支枪尖，一大一小）。如果射中，就请你们两方和解；如果不中，任凭你们厮杀。"

吕布弯弓搭箭，一箭射出，正中戟头小支。纪灵与诸将大惊，说："将军真是神准！"隔天再举行盛宴，然后各自班师。

可是，吕布不是要救刘备，而是自己想要夺取小沛。于是在纪灵撤军之后，亲自率军突袭小沛，刘备不敌，只好逃往许昌，投奔曹操。曹操拨给刘备一支武力，并供应粮秣，命刘备前往小沛一带，收拾被击溃的残兵，伺机对抗吕布。

吕布命一位刘备的徐州老干部袁涣，代拟一封信诟骂刘备，袁涣拒绝。吕布再三逼迫，袁涣终不屈服。吕布暴怒，拔出佩剑，架到袁涣的脖子上，说："写，就活；不写，就死。"

袁涣面色不变，笑着回答："只有高品德才能令人感到羞辱，没听说骂人可以羞辱人。刘备如果是个君子，他会不耻你的诟骂；如果他是个小人，他会写信回骂，如此则受辱的是你，而不是他。况且，我过去为刘备服务，犹如今天为将军服务。如果我哪天离开这里，难道也替别人写信，诟骂将军？"吕布惭愧而止。

【原典精华】

布大怒，以兵[1]胁涣曰：『为之则生，不为则死。』涣颜色不变，笑而应之曰：『涣闻唯德可以辱人，不闻以骂！使彼固君子邪，且不耻将军之言；彼诚小人邪，将复[2]将军之意，则辱在此不在于彼。且涣他日之事刘将军，犹今日之事将军也，如一旦去此，复骂将军，可乎？』

——《资治通鉴·汉纪五十四》

①兵：兵器。

②复：回。意指“回骂”。

㊵ 祢衡击鼓骂曹

曹操当时因实施屯田政策成功，辖区内所有州郡的仓库全满。其他军阀的地盘，则因为一切支援军事，都没有一年以上的粮食库存。例如：袁绍在河北，士兵缺粮，居然得采食野外桑葚为生；袁术在淮南，士兵到沟洫中拣田螺吃。因此，知识分子都往许昌集中，曹操阵营人才济济。

但仍有人看不起曹操，最著名的一位是祢衡。

祢衡是个目中无人的角色。洛阳毁于战火时，他避居荆州。许昌繁荣富庶，人才荟聚，他乃前往许昌。可是他贬抑几乎所有士人，只看得起两位："老的孔融，小的杨修，其他都不够看。"前章已述孔融，杨修与袁绍一样是"四世三公"，简单说，祢衡看的还是门第。可想而知，他肯定看不起宦官后代曹操。

孔融向曹操推荐祢衡，曹操答应任他官职，可是祢衡却一再拒绝。曹操怒了，发表祢衡为鼓吏，并且在大宴百官时，要祢衡当众击鼓助兴。

祢衡这次坦然出场，在百官面前，徐徐脱下衣服，甚至脱了内裤（兜裆布），然后从容击鼓，完毕后，穿上衣裤，扬长而去。

曹操在众人面前，仍力持镇定，笑着说："本来想羞辱他的，却反而羞辱了自己。"

可是散场之后，曹操对孔融说："祢衡这小子，我杀他就好像杀一只麻雀、一只老鼠一样，可是这家伙有点虚名，若杀他，会让天下人认为我没有容人之量。"

于是将祢衡送回荆州，荆州牧刘表对祢衡待若上宾，可是祢衡老是讽刺、贬抑刘表的左右。于是刘表的左右模仿祢衡的语气，表演给刘表听："刘将军仁民爱物，即使古时候的周文王也不过如此。可是他缺乏决断力，将来若不能成大事业，必定是由于这个缺点。"事实上，祢衡并没有说过这番话。

问题在于，这个评语正好说中刘表的缺点，刘表为之动怒，可是他也够聪明，不自己杀祢衡，而将他送去江夏（治所在今湖北武汉市）太守黄祖那里。

黄祖对这位长官交下来的人才，相当礼遇。可是祢衡个性不改，黄祖又个性急躁，终于有一次，祢衡在大庭广众之下出言不逊，黄祖就杀了祢衡。

【原典精华】

操怒，谓融曰：『祢衡竖子，孤杀之，犹雀鼠耳！顾此人素有虚名，远近将谓孤不能容之。』

——《资治通鉴·汉纪五十四》

㊃㊀ 张绣宛城大挫曹操

刘表性格上的优点是仁民爱物，缺点是优柔寡断。仁民爱物使得他治理荆州成功，优柔寡断则令曹操认为有机可乘。曹操想要动荆州的脑筋，得先拿下宛城（今河南南阳市），宛城当时是小军阀张绣的地盘。

张绣的叔叔是凉州将领之一张济，凉州诸将相互攻伐，张济带领嫡系部队，向南进入荆州，中流箭阵亡，张绣就接收了叔叔的部队。

曹操大军往荆州而来，张绣决定依附曹操，于是献出宛城。

曹操进入宛城受降，回去时却带走了一位美女，这位美女是张济的妻子、张绣的婶婶，张绣为此愤怒。同时，曹操又致送厚礼给张绣的勇将胡车儿，令张绣心中产生狐疑。羞辱感与狐疑心交织之下，张绣向曹操大营发动奇袭，曹操的长子曹昂阵亡，曹操本人中流箭受伤，在少数骑兵保护之下逃走。

曹操入宛城受降之时，身旁紧随的是典韦，拿着一把大斧。曹操走到哪一个人面前，典韦就高举斧头，瞋目怒视，包括张绣在内，宛城诸将都莫敢仰视。

在张绣及诸将眼中，那是狐假虎威，是仗势凌人。因此，在偷袭曹营时，对典韦分外眼红。典韦呢，他对曹操忠心耿耿，因此也刻意吸引敌人攻击他。

张绣军队将典韦团团围住，典韦手持双戟应战。他这一双长戟在曹军中非常出名，军中流传两句顺口溜“帐下壮士有典君，提一双戟八十斤”。这时候，长戟左右击出，每一出招，都要摧折十余敌人长矛。

终于，典韦的左右死伤殆尽，他自己身上也有数十创伤，长戟也断了，典韦双手挟两名敌人应战，张绣军乃不敢向前。直到伤重流血过多，典韦瞋目大骂而死，这时候敌人才敢向前，割下他的脑袋，传送各军营示众。

张绣打走了曹操，但不敢留在宛城，于是投靠荆州刘表，驻军穰（ráng）城（今河南邓州市）。

【原典精华】

韦好持大双戟与长刀等，军中为之语曰：『帐下壮士有典君，提一双戟八十斤。』……韦以长戟左右击之，一叉入，辄十余矛摧。左右死伤者略尽。韦被数十创，短兵接战，贼前搏之。韦双挟两贼击杀之，余贼不敢前。韦复前突贼，杀数人，创重发，瞋目大骂而死。贼乃敢前，取其头，传观之。

——《三国志·魏书十八》

㊷ 陈珪父子弄吕布

袁术在淮南收容了长安来的残余军阀杨奉、韩暹等，兵马人数众多，自认为实力天下无敌，于是称帝，国号为“仲家”。同时派使节通知自封徐州牧的吕布，顺便迎娶吕布的女儿。

吕布的谋士陈珪提出警告：“曹操迎天子以辅朝廷，将军应该跟曹操合作。若反而跟袁术结盟，恐怕会招来不忠不义的恶名！”这番话勾起了吕布的旧恨：之前吕布逃出关中时，曾先后投奔袁术与袁绍，却都受到排挤。听了陈珪的谏言，派兵追回女儿，并将袁术的使节送去许都，曹操将之斩首示众。

曹操刻意拉拢吕布，一方面由汉献帝下诏，封吕布为左将军，一方面以自己名义致私函给吕布，措辞情义深厚。吕布大喜，派陈珪的儿子陈登为使节，前往许都谢恩。

陈登见了曹操，说：“吕布有勇无谋，既没有原则，又没有立场，应该早日对他下手。”

曹操说：“吕布狼子野心，可是你且不要急，等待机会。”

又提高陈珪的俸禄为中二千石（地位仅次于三公），任命陈登为广陵太守，临别更拉住陈登的手，说：“东方的事，就交托给你了。”要陈珪私下集结部众，作为内应。

陈登回徐州复命，吕布问：“要求朝廷正式任命我为徐州牧的事情怎么样？”陈登无以回答，吕布大怒，拔起他的戟，猛砍桌几，说：“你们父子一个加俸、一个升官，却出卖我！”

陈登神色不变，徐徐回答：“我见到曹操，对他说：‘对待吕将军好比养老虎，必须大量供应肉食，如果吃不饱肉，老虎可是要吃人的。’曹操对我说：‘你错了。养吕布就像饲猎鹰，必须让他维持饥饿，才能发挥能力，如果喂他吃得太饱，就会飞得无影无踪。’他就是这么说的。”吕布这才气消。

无论如何，曹操用这一招稳住了东面，由吕布帮他对付袁术，更在吕布阵营中布下了内线陈登。然后他要专心对付西面了，他还想要报宛城大败的仇。

你没读到的三国

我们受《三国演义》貂蝉的影响，心目中的吕布是个英俊小生，传统戏剧里也是如此。然而，吕布事实上是个有勇无谋的角色，而且是极端的“有勇”，加上极端的“无谋”。

本章同时看到曹操的乱世奸雄本事：玩弄吕布于股掌之间，跟陈登套好招，三言两语就搞定了吕布。

【原典精华】

布怒，拔戟斫几曰：『……今吾所求无获，而卿父子并显重，但为卿所卖耳！』登不为动容，徐对之曰：『登见曹公言「养将军譬如养虎，当饱其肉，不饱则将噬人。」公曰：「不如卿言。譬如养鹰，饥即为用，饱则飏[1]去。」其言如此。』布意乃解。

——《资治通鉴·汉纪五十四》

①飏：yáng，飞扬，遁走。

㊃㊂ 张绣善于纳谏

曹操亲率大军，将张绣围困在穰城。而袁绍的智囊田丰向袁绍建议，这是最佳机会，偷袭许都，将天子迎回甄城，袁绍再次不接受这个建议。可是在前线的曹操却收到了这个情报，立即撤军回许昌——对他而言，保住汉献帝比报张绣之仇，优先性高太多了。

张绣见曹操撤军，立即率军尾追，同时通知荆州牧刘表出兵夹击。曹军在安众（今河南邓州市东北）被荆州兵截住，陷入腹背受敌的危险情势。但曹操其实胸有成竹，他是故意安排在那里“被截击”的。

安众东面有山，山里有一条荒废了的猎户使用的山径，地势险恶。曹操派人开凿那条险道，让张刘联军以为曹军要行险逃走。但事实上是曹操派出伏兵，迂回张绣军后方，然后以主力反扑，张绣后退时遭遇伏击，于是大败，刘表军队见情势逆转，随即撤回荆州。

之前张绣追击曹操时，智囊贾诩说：“不可追击，追击必败。”张绣不听，果然大败而回。

此时贾诩登上城楼，对率军回城的张绣说：“现在可以追击了，必胜。”

张绣说：“先前不听你的话，落败而回。如今已败回，怎么反叫我去追击？”

贾诩说：“战场上形势变化无常，请立即行动。”

张绣收拾残兵败将，回头再追击，果然得胜。回来问贾诩：“我以精兵追击，你说必败；我以败兵追击已胜的敌军，你说必胜。完全都在你意料之中，原因何在？”

贾诩说：“曹操包围我们，未败却急着撤退，一定是许都发生变故。曹操善于用兵，必定率精兵亲自断后，所以知道将军必败。既然已经获胜，荆州兵也撤回，曹操必定以轻骑快速赶回许都，因此知道必胜。”

【原典精华】

绣之追操也，贾诩止之曰：『不可追也，追必败。』绣不听，进兵交战，大败而还。

诩登城谓绣曰：『促[1]更追之？更战必胜。』

绣谢曰：『不用公言，以至于此。今已败，奈何复追？』

诩曰：『兵势有变，促追之。』

绣素信诩言，遂收散卒更追，合战，果以胜还。乃问诩曰：『绣以精兵追退军，而公曰必败；以败卒击胜兵，而公曰必克。悉如公言，何也？』

诩曰：『此易知耳，将军虽善用兵，非曹公敌也。曹公军新退，必自断后，故知必败。曹公攻将军，既无失策，力未尽而一朝[2]引退，必国内有故也。已破将军，必轻军速进，留诸将断后。诸将虽勇，非将军敌，故虽用败兵而战必胜也。』

——《资治通鉴·汉纪五十四》

①促：赶快。

②一朝：指变化突然。

三国群雄当中，袁绍是重要角色，而张绣只是一个配角。可是从本章故事来看，则袁绍听到好的战略建议却不用，可能是因为：一、无法判断这个战略是好是坏；二、认为是好战略，可是犹豫不决，错过时机；三、不接受部属的见解比他高明。无论是哪一个，袁绍都只称得上“二等”而已！

反倒是张绣，贾诩说他必败时，没发火说贾诩打击士气；败回时没有恼羞成怒；贾诩要他回头追击，仍然采信；回来后还肯虚心请教——张绣其实称得上是“一等”！

㊃㊃ 曹操杀陈宫，吕布骂刘备

从穰城急速撤回许昌，曹操马上又得处理东面的状况——吕布联合袁术，将曹操派往东面的豫州牧刘备赶走，曹操决定亲自出马，收拾吕布。

曾经拥护曹操出任兖州刺史，后来又支持张邈背叛曹操的陈宫，现在是吕布的首席智囊。他对吕布说:“曹操远来兵疲，我们以逸待劳，应该采取主动，给他个迎头痛击。”吕布说:“不急，等他送上门来，再将他们统统驱赶进泗水中淹死。”

可是曹军一路挺进，广陵太守陈登倒戈，吕布这才出战，战事不利而退守下邳。曹操写信给吕布，分析祸福利害，吕布信心动摇，有意投降。

陈宫再献策:“曹军补给线太长，不可能停留太久。如果将军率步骑大军驻屯城外，由我与高顺守城，互为犄角。曹操无法兼顾两面，至多十天半月，军队粮秣不继，到时候，两面夹击，可以破敌。”

吕布同意，准备自己领军出城，阻击曹军粮道，可是吕布的妻子（《三国演义》说是貂蝉）对吕布说:“陈宫与高顺并不和睦，将军一旦出城，二人若不能同心协力，万一有个差错，将军要往哪里立足？更何况，曹操以前待陈宫情同父子，陈宫还背叛曹操，你待陈宫超不过曹操，岂可把全城交给他?”吕布自己背叛过丁原、董卓，听了这话，登时改变心意。

吕布派人向袁术求救，袁术说:“吕布不送女儿来，活该他兵败，为何又来求我?”于是下令动员，但只作“声援”，大军不动。吕布用锦缎将女儿全身包裹，缚在马上，乘夜亲自护送出城，却被曹军发觉，以强弓硬弩不停发射，吕布无法突围，只好回城。

曹操引沂水、泗水灌下邳城，城内积水盈尺。吕布登城对曹军喊话:“不要再灌水啦，我会向曹公自首!”

陈宫骂说:“曹操是逆贼，岂可称他为‘公’！今天若投降，好比以卵投石，不可能得保全。”

最后，吕布手下一些将领发动兵变，逮捕陈宫、高顺，引曹军入城。吕布登上白门楼负隅顽抗，命令左右砍下他的人头，献给曹操，左右不忍下手，吕布只好下楼投降。

吕布被俘，仍大言不惭，对曹操说:“阁下最头痛的，不过我吕布一人。如今我已降服，如果由我率领骑兵，你率领步兵，天下无敌!”曹操命人替吕布松绑，有收降吕布之意。刘备在一旁赶忙进言:“阁下忘了丁原、董卓的事吗?”提醒曹操，曹操点头，吕布瞪着刘备说:“你这大耳朵的小人，最不可相信!”

曹操再对陈宫说:“你一向自以为智谋无穷，今天怎样?”

陈宫指着吕布说:“这家伙不采用我的计谋，才有今天，如果听我的，未必被俘。”

陈宫与吕布、高顺一同被绞死。曹操念及旧情，奉养陈宫的母亲终生，并送陈宫的女儿出嫁(如自己的女儿一般)。

【原典精华】

（曹操）乃命缓布缚，刘备曰：『不可。明公不见吕布事丁建阳、董太师乎？[1]』操颔[2]之。布目备曰：『大耳儿，最叵信！』

操谓陈宫曰：『公台平生自谓智有余，今竟何如？』宫指布曰：『是子不用宫言，以至于此。若其见从，亦未必为擒也。』

——《资治通鉴·汉纪五十四》

①丁原字建阳，董卓官衔为太师。

②颔：颔首，点头。

㊃㊄ 太史慈与孙策，英雄惜英雄

吕布被曹操消灭的过程中，袁术只敢“声援”，不敢轻举妄动。因为，曹操老早在袁术的后方安排了一颗棋子——孙策。

孙策打下江东地盘，自己封自己为会稽太守，曹操以皇帝诏命，封孙策为讨逆将军、吴侯，虽然这些都是虚衔，可是对一路受袁术欺侮的孙策而言，非常受用。曹操同时将自己的侄女许配给孙策的弟弟孙匡，又为儿子曹彰娶了孙策的侄女。简单说，曹操为了拉拢孙策，公器私情都用到了极致。

反观袁术，动作的幅度小得多。他任命孙策手下两大支柱：周瑜为居巢县令，鲁肃为东城县令，两人都弃官不就，渡江加入孙策阵营。

吕布败亡，袁术晓得自己将是曹操的下一个目标，于是派人到丹阳，联络当地豪族祖郎，要他煽动当地山越（当地的地方武装），骚扰、牵制孙策。孙策进军丹阳，生擒祖郎，于是免不了要面对太史慈——这位是孙策始终避免与之冲突的对手。

太史慈少年时就以武勇著名，曾经为北海相孔融游说平原县令刘备，刘备为之出兵援救孔融，击败黄巾。太史慈往南，投奔扬州刺史刘繇。刚好孙策来攻扬州，有人建议刘繇用太史慈为将，可是刘繇不听，只命太史慈担任侦察任务。

太史慈只带一个骑兵出城侦搜，不料与孙策骤然遭遇，孙策随从有十三骑。两人跃马交锋，孙策将太史慈刺落马下，夺得太史慈脖子上挂的手戟；孙策的头盔也被太史慈击落攫取。正在紧急关头，双方援兵同时赶到，各自撤退，内心则英雄相惜。

后来孙策击败刘繇，太史慈退到丹阳，自称丹阳太守。孙策既收服祖郎，乃不得不与太史慈对上。

这一战，孙策胜，生擒太史慈。孙策命解开绳索，握住太史慈的手，说："还记得神亭那一战吗？当时如果你擒住我，会如何相待？"

太史慈说："没有想过！"

孙策大笑，说："今天我愿与你一同开创大业，我知道你胸怀大志，是天下大才，只不过所托非人（指刘繇）而已。我是你的知己，不要担心不能发挥长才。"任命他为门下督（大营军法处长），班师回会稽，祖郎、太史慈在全军之前开导，全军洋溢一片光荣感。

读这一段历史，会以为是在读《水浒传》，这种真情至性、肝胆相照，莫说史书中，连小说《三国演义》都不多。

孙策能够打下江东地盘，且能掳获江东英雄人心，这一股英雄魅力无疑是其助力。

【原典精华】

（孙策）又讨太史慈于勇里，擒之，解缚，捉其手，曰：『宁识神亭时邪？若卿尔时得我云何？』慈曰：『未可量也。』策大笑曰：『今日之事，当与卿共之，闻卿有烈义，天下智士也。但所托未得其人耳。孤是卿知己，勿忧不如意也。』

——《资治通鉴·汉纪五十四》

㊻ 公孙瓒自焚，袁术吐血而亡

袁术的后方有孙策牵制，袁绍的后方也有幽州牧公孙瓒。

公孙瓒灭了刘虞之后，不再想要进军中原，将基地迁到易县（濒临易水，古时战略地位重要，在今河北保定市内），环城挖掘十道壕沟，并堆起很多高大土丘（高达十多米），在土丘上建立高楼，自己住在居中最高土丘的高楼上。用铁做门，侍从警卫全都隔在门外，七岁以上男子不准进入，所有公文书件都用绳子吊上楼堡。楼内只有妇女与小孩，训练她们放大嗓门，数百步外可以听到，以此方式传达命令。

从此，智囊、猛将、宾客日渐疏离、叛逃。公孙瓒还合理化他的行为："天下大势不明，不如让官兵休息，努力耕田，拯救灾荒凶年。我有如此城堑，城内积聚三百万斛粮粟。等到吃尽，天下大势大概会比较明朗。"——如此思考与行为，跟董卓的最后阶段几乎一样！

幽州不断有人投奔翼州，袁绍认为有机可乘，出兵攻打公孙瓒，攻了好几年，却始终无法取胜。于是写信给公孙瓒，提议放下怨恨，和平共存。

公孙瓒发现他的想法得到印证，因此完全不理袁绍。反而更加强防御工事，对长史（首席幕僚）关靖说：“如今四方龙争虎斗，没人能一直守在我们城下，袁绍持续攻城好几年，也没能拿我怎么样。”

袁绍本来是想要找台阶下才写信请和，只要公孙瓒回信同意，就可以有面子地退兵。如今公孙瓒不给面子，袁绍只好大举进攻。

公孙瓒分驻其他城池的将领被围攻，公孙瓒一律不出兵援救，说：“为了救一个人而出兵，以后其他将领都会坐等援军，不肯奋战。”结果，一个个城池，投降的投降，溃散的溃散，袁绍大军于是直抵易县城池。

面对这座“百年不破”的城池，袁绍军不以主力正面攻城，而是挖掘地道，直穿城墙，用木柱支撑，使不下陷。计算已挖到内城中心（公孙瓒的中央城堡），遂纵火焚烧木柱，地道崩解，城楼塌陷。公孙瓒知必无苟免，将妻子儿女姐妹全部绞死，然后纵火自焚。

另一方面，南方的“仲家”皇帝袁术，因奢侈荒淫，京城寿春储备被吃光、花光，落得纵火焚烧宫殿，出奔驻外将领，却被拒绝接纳，这才发觉自己已经众叛亲离。

袁术派人把皇帝尊号让给袁绍，袁绍的儿子袁谭派兵南下迎接袁术，曹操命刘备等截击。袁术无法突破封锁，只好退回寿春，途中投宿江亭（江边一个驿亭），坐在一张光板床（连草席都没有）上，说：“我袁术怎么流落至此！”一病不起，吐血而死。

你没读到的三国

袁术凭什么将皇帝尊号让给袁绍？只因为他手上有汉帝国的传国玉玺。

这颗玉玺是用鼎鼎有名的和氏璧刻成，被秦始皇用作传国印信。刘邦入关中，秦王子婴在咸阳城外投降，献上传国玉玺，乃成为西汉的传国宝。王莽篡汉时，逼王太后交出玉玺，王太后将它砸在地上，崩了一个角，王莽命人用黄金镶补。光武中兴，传国玉玺再入汉家之室。董卓之乱时，汉献帝出奔（见第九章）却不见了玉玺。孙坚攻进洛阳，在宫中井内捞到玉玺，后来又被袁术强索去。如今，这方玉玺被曹军搜得，乃再次回到汉室朝廷。然而，汉献帝有玉玺也不代表什么，仍得曹操同意才能盖印！

【原典精华】

袁绍连年攻公孙瓒，不能克，以书谕之，欲相与释憾[1]连和；瓒不答，而增修守备，谓长史太原关靖曰：『当今四方虎争，无有能坐吾城下相守经年者明矣，袁本初其若我何！』绍于是大兴兵以攻瓒。

——《资治通鉴·汉纪五十四》

①释：放开。憾：仇恨。

㊼ 曹操对袁绍："十败十胜"

袁绍消灭了公孙瓒，北面已无顾虑；曹操南面的袁术、东面的吕布也解决了。这两位少时玩伴，如今却是一山容不得二虎，势必决一胜负。

在此之前，袁绍在给曹操的书信中，措辞傲慢，曹操心情大受影响，出入动静都异于往常。左右都以为是因为长子曹昂在宛城阵亡的缘故。唯独荀彧说："曹公不会因为已经过去的事情牵肠挂肚，应该是别有他事。"于是直接问曹操。曹操出示袁绍来信给荀彧看，问："我很想讨伐这家伙，可是自度力量不如他，该怎么办?"

荀彧说："胜败看才能不看众寡。从前项羽虽强大，最后仍败给刘邦。如今能与阁下争天下的，只剩袁绍了。"遂展开分析袁绍在哪些方面不如曹操，得出结论：袁绍虽强，却不能赢得最后胜利。

后来郭嘉更将曹操胜于袁绍之处归纳为十个方面，我们称之为"十败十胜"：

第一，袁绍爱摆架子，曹操随和待人，是待人作风胜；

第二，袁绍名义上是臣子，曹操可以打着天子旗号，是政治号召胜；

第三，袁绍政令松弛，曹操政令严厉，是治理方法胜；

第四，袁绍只信任自己子弟，曹操用人不分亲疏，是胸襟气度胜；

第五，袁绍多谋少决，曹操见好即刻施行，是谋略决断胜；

第六，袁绍沽名钓誉，曹操不尚虚名，是品德言行胜；

第七，袁绍只看见眼前大小事，曹操深谋远虑，顾及执行细节，是见识周密胜；

第八，袁绍阵营派系争权夺利，曹操阵营谄言不行，是智慧英察胜；

第九，袁绍行事是非不明，曹操明断是非，是公正法治胜；

第十，袁绍打仗喜欢壮大声势，曹操用兵虚实莫测，是军事才能胜。

荀彧推荐给曹操许多人才，郭嘉是其中一位。曹操也对荀彧信任有加，最初荀彧离开袁绍投奔曹操时，曹操大喜，说：“你就是我的张良啊！”荀彧向曹操推荐的另一位可以担当重任的人物是钟繇，曹操派钟繇主持关中事务，曾在信中将他比喻为“今之萧何”。

【原典精华】

彧去绍从太祖，太祖大悦曰：『吾之子房也。』

——《三国志·魏书十》

太祖与繇书曰：『……昔萧何镇守关中，足食成军，亦适当尔。』

——《三国志·魏书十三》

㊽ 郭图、审配进谗，袁绍分散兵权

然而，袁绍可不认为自己不如曹操，动员精锐部队，步兵十万，骑兵万余，准备进攻许都。

袁绍手下最重要的幕僚，监军沮授劝谏："我们连年对公孙瓒用兵，人民疲惫，仓库空虚，不宜轻动干戈，应该让人民得到休息，增加农产。"

沮授提出他的重要论点："我们先将消灭公孙瓒的捷报呈献天子，如果曹操不让我们的使节进入许京，就可以弹劾曹操，说他阻断臣子效忠朝廷，这才是名正言顺的出兵。"——沮授点出了袁绍的最大劣势：曹操手上有汉献帝。

这话袁绍当然不爱听，于是另外两位智囊郭图、审配立刻"掺砂子、挖墙脚"，说："在明公（袁绍）的领导之下，统率河朔的强大武力，讨伐曹操，易如反掌，何必那么麻烦？"

沮授说："军队要师出有名。救乱诛暴称为'义兵'，仗恃人多兵强称为'骄兵'；义兵无敌，骄兵必败。曹操可以运用天子为号召，我们出兵南向，在政治号召上处于不利地位。而且曹操治军严谨，不是公孙瓒那一流人物。如果发动缺乏政治号召的军事行动，而放弃万全的战略，我深深为主公担忧!”

郭图、审配立即反驳:“当年周武王伐纣，周是臣、商是君，尚且不能说是‘不义’，更何况我们是讨伐曹操，不是讨伐天子！以明公今天的强盛，不趁此机会一举完成大业，将是‘天与不取，反受其咎’。沮授所说，是保守持重之计，却不是把握时机的进取见解。”

袁绍采纳郭、审二人的意见，郭图打蛇随棍上，乘机夺权，进谗说沮授内外通吃，“权力太大，威震三军”，恐怕将来难以制约。于是袁绍将沮授原本统领的部队，一分为三，由沮授、郭图、淳于琼各领一军。

【原典精华】

授曰：『夫救乱诛暴，谓之义兵；恃众凭强，谓之骄兵；义者无敌，骄者先灭。曹操奉天子以令天下，今举师南向，于义则违。……』

图、配曰：『武王伐纣，不为不义，况兵加曹操，而云无名！且以公今日之强，将士思奋，不及时以定大业，所谓「天与不取，反受其咎。」此越之所以霸，吴之所以灭也。监军之计在于持牢[1]，而非见时知几之变也。』

——《资治通鉴·汉纪五十五》

①持牢：固守，保持稳定现状。

㊾ 凉州诸将坐山观虎斗

袁绍大军直扑许都，曹操则调动军队，一路防卫东边的青州，一路沿黄河布防，自己率主力进驻官渡（今河南中牟县），然后本人回许都坐镇。

许都内部人心惶惶，孔融对荀彧说："袁绍地大兵强，谋臣有田丰、许攸，武将有颜良、文丑，还有审配、逄纪等心腹，我们可以抵挡得住吗？"

荀彧说："袁绍兵多，但没有纪律；田丰刚直，却总是让长官生气；许攸贪婪，不能克制自己；审配只会夺权，而缺乏谋略；逄纪果决，却自以为是。如此将领与军队，无法团结，内部一定会发生问题。"

袁绍派人去跟张绣示好，张绣看见丰厚的礼物，大为心动。不料，贾诩却在筵席上公然侮辱袁绍的使节，将他骂了回去。

张绣被贾诩的言行吓到了，等回过神来，问："你这么一弄僵，我们应采取何等立场？"

这话问得有道理：之前已经跟曹操结仇，现在又得罪袁绍，难道只能依附刘表了吗？可是，刘表又不是争天下的材料！

贾诩说："我建议向曹操靠拢。"

虽然跟曹操存在宿仇，但张绣一向信任贾诩，因此让他说明白。贾诩说："袁绍声势雄大，不会把我们看在眼里；曹操居于弱势，必然欢迎我们加入。有天下之志的英雄，一定不会计较过去的怨仇。请将军不要犹豫。"

于是张绣率军向曹操归降，曹操握住张绣的手，连日欢宴，还跟张绣结为亲家，儿子曹均娶张绣的女儿。

盘踞关中的凉州诸将，一个个保持中立，瞪大眼睛注意这一场大对决。凉州牧韦端派杨阜为使节前往许都，杨阜返回后，诸将问他："袁曹之争，谁胜谁败？"

杨阜说："袁绍宽大而没有决断，好谋而不知如何选择，无决断便无威信，不做选择便处处受制于人，因此，目前虽然强大，最后却会失败。曹操有才干和策略，一旦抓住机会，就毫不动摇，法令统一，执行彻底，敢于任用度外之人，而被任用的人，因而尽心尽力。曹操一定能成大事。"

你没读到的三国

荀彧是帮助曹操打天下的"张良级"人物，他能分析袁绍与曹操优劣，能分析袁绍阵营各要角的性格与优劣点，似属当然。

可是杨阜只是韦端手下的从事，韦端在三国群英中尚且排不上名，杨阜却能分析袁曹之争，而且头头是道，最后也得印证。

这又说明了，东汉末年的“品人”，不仅仅是流行，或士人相互标榜而已，事实上已经发展出一套系统，只要是平均水平以上的角色，都能依此做出分析。同时，三国时期确实藏龙卧虎，只不过英雄也要有机会、有运气。

【原典精华】

阜曰：『袁公宽而不断，好谋而少决；不断则无威，少决则后事，今虽强，终不能成大业。曹公有雄才远略，决机无疑，法一而兵精，能用度外之人，所任各尽其力，必能济大事者也。』

——《资治通鉴·汉纪五十五》

㊄㊉ 韩嵩直言，刘表犹疑

袁绍想要跟张绣结盟，被贾诩破坏，关中诸将虽持中立，却因杨阜的分析，而不看好袁绍。袁绍又起一念，拉拢荆州牧刘表，可是刘表口头说“好好好”，却不出兵，也不帮曹操。

刘表的幕僚，包括首席智囊蒯越，都劝刘表靠向曹操，至少绝对不应该手握十万大军，却坐观天下成败。

刘表狐疑不决，就派韩嵩前往许都，对他说：“而今天下沸腾，鹿死谁手，尚未可知。你去许都观察一下形势。”

韩嵩说：“上等之人能够通权达变，次一等的只能坚守节操。我韩嵩属于次一等的人，君臣名分一旦确定，就会誓死坚守。今天我在将军麾下，当然唯命是从，赴汤蹈火，虽死不辞。以我个人的观察，曹操必能得志于天下，将军若能上顺天子，下附曹操，那派我出使无妨。如果心存犹豫，一旦我到了京师，天子任命我一个官职（其实是曹操拉拢韩嵩），又不准我推辞（天子命，不可违），我就成了天子之臣，对将军就只剩下旧情谊了。所以，君臣名分一旦确立，我就只能效忠天子，不能再为将军效死了。请将军多加考虑，不要让我韩嵩辜负将军！”

刘表以为韩嵩只是不愿意担任使节，才讲出这么一番似是而非的道理，所以坚持要他前往。

韩嵩到了许都，汉献帝任命他为侍中，兼零陵太守——零陵是荆州八郡之一，这一招曹操在陈登身上运用过，效果极佳。

韩嵩回到荆州，赞扬皇帝与曹操，建议刘表将儿子送去许都担任皇帝侍从（做人质）。

刘表大怒，认为韩嵩背叛。集合所有僚属，陈列军队，搬出皇帝符节——州牧都赐“持节”，有生杀大权，刘表要杀皇帝任命的侍中韩嵩，所以要“持节”。

将行刑前，刘表数度质问：“韩嵩，你是否怀有二心？”在场文武百官无不震恐，纷纷劝韩嵩谢罪认错。

韩嵩神色平常，安详地对刘表说：“是将军辜负韩嵩，韩嵩没有辜负将军！”并将出发前说的话重复一遍。

刘表的妻子蔡夫人劝刘表：“韩嵩是楚地（荆州大致上在古楚王国范围）有名望之士，况且他只是坦率直言，杀他没有正当理由。”

刘表确实没有正当理由。他自己还要做样子“持节”，哪有理由杀韩嵩？除非他表明独立，不奉汉朝正朔，但他又犹豫不决。

【原典精华】

（刘表）大会僚属，陈兵，持节，将斩之，数曰：『韩嵩敢怀贰邪！』众皆恐，欲令嵩谢。嵩不为动容，徐谓表曰：『将军负嵩，嵩不负将军！』且陈前言。

——《资治通鉴·汉纪五十五》

㊄㊀ 董承阴谋刺曹，刘备出走

外界都看好曹操，可是许都内部却涌起一股暗流，因为曹操大权在握，专制独裁，所以皇帝周边一些位高权不重的大官，企图刺杀曹操。

这群位高权不重的大官以车骑将军董承为首。董承在汉献帝逃出关中的过程中，忠心耿耿地追随在皇帝身旁。最初在李傕与郭汜之间挑拨的就是他，护驾出关也是他，回洛阳整建宫殿还是他，最后秘密召曹操入京的更是他。

因此，在迁都许昌的初期，董承的官位升到车骑将军，这个官名在武官体制中，地位仅次于大将军。当时的大将军是袁绍，当然管不到朝廷的国防，而车骑将军也只是空衔，实质权力都在曹操掌握中。

董承想要刺杀曹操，可是自己手上没有军队，于是拉拢二位禁军将领吴子兰、王服，宣称自己拿到汉献帝藏在衣带中的密诏，要忠心的臣子勇敢站出来，诛杀曹操。

董承对吴子兰、王服说："之前在长安，郭汜只以数百兵力击败了李傕数万人，而古时候吕不韦投资子楚而成为相国。现在，只要你我联手，荣华富贵将享用不尽。”

吴、王仍然不敢，问董承：“还有谁参与？”董承说：“长水校尉种辑、议郎吴硕是我的心腹。”

可是，这些人的力量实在太微薄了，王服是唯一有兵权的人，但胆量太小，因此此事始终处在“密谋”状态。这时候，却意外加入了一个胆子大的人物——刘备。

曹操有一次在一个非正式场合，对刘备说：“当今天下的英雄人物，只有你我两人而已。像袁绍那种角色，根本上不了台面。”

刘备正在吃饭，闻言吓得筷子都跌落地上。运气好，天上正发出一声霹雳，刘备反应很快，说：“圣人说‘迅雷和暴风会让人变色’，真是有道理啊！”

刘备感觉到，曹操是在试探他，内心不安，于是加入董承等的“密谋”。

曹操追击袁术时，派刘备攻取徐州一带的战略要地，切断袁术由淮南往青州的路线。军队已经出发，智囊群程昱、郭嘉、董昭都劝谏曹操：“不可以放刘备走！”曹操派人追赶，已经来不及。

袁术退回寿春之后，其他将领都班师回许都，只有刘备不回去，更击斩徐州刺史车胄，再度盘踞徐州。

董承等的密谋终于泄露，董承、王服与种辑被夷三族。

曹操查出刘备也涉入，派刘岱、王忠讨伐刘备，兵败。刘备对刘岱等说：“像你这样的货色，再来一百个，我也不在乎。即使曹操亲自领军来，胜负也难料。”

刘备当时已有数万兵力，派人与袁绍结为同盟。

【原典精华】

操从容谓备曰：『今天下英雄，惟使君与操耳，本初之徒，不足数也。』备方食，失匕箸，值[1]天雷震，备因曰：『圣人云「迅雷风烈必变」[2]良有以也。』

——《资治通鉴·汉纪五十五》

①值：刚好。

②语出《论语·乡党》。

㊄㊁ 袁绍再失良机

曹操决定亲自讨伐刘备，刘备自己屯兵小沛，命关羽驻守下邳，成犄角（前顶后拉）之势，严阵以待。

袁绍的智囊田丰提出紧急建议："曹操攻打刘备，一时不可能分出胜负。如果我们挥军直袭曹操的后路，可以一举得手。"

可是袁绍因为小儿子正患重病，不愿此时发兵。

田丰用手杖猛击地面，说："天哪，好不容易出现如此千载良机，却因为一个婴儿生病，全盘尽弃。可惜啊，大势已去!"

田丰的动作和语言，跟鸿门宴后的范增如出一辙。如此大好机会就此失去，可见老板是妇人之仁，如此性格，大事永远不会成功了。

然而，田丰的建议事实上并不正确，因为，刘备居然不堪一击。刘备除了剿黄巾时期，还没打过像样的胜仗。这一回胆敢说大话（详见前一章），是研判曹操正与袁绍对峙，不可能亲自东征。可是曹操研判袁绍"性迟而多疑"，不可能很快到来，因此加速行军往东。

斥候回报刘备，说曹操亲自来攻。刘备不信，亲自率领数十名骑兵到高处眺望，发现情报是真的，大为惊恐。结果大败，老婆孩子被俘。曹操再攻陷下邳，生擒关羽。刘备投奔青州刺史袁谭，再转往袁绍的大本营邺城，袁绍听说刘备来归，出城二百里迎接。

这种礼贤下士的身段，袁绍表现得淋漓尽致。可是他之前否决截曹操后路，如今却决定发动大军进攻许昌。

田丰这回却提出谏议，说："曹操已经击破刘备回师，许都不再空虚，不宜轻进。将军应固守四州，派出数支奇兵袭扰河南，曹操救右则击其左，救左则击其右，让他疲于奔命。如此，则三年之内可以坐而克服。这比倾全力出击，决成败于一役，稳当多了。"

袁绍仍然不听他的，田丰乃强力谏诤，袁绍很生气，下令将田丰戴上械具，关进监牢。

【原典精华】

冀州别驾田丰说袁绍曰：『曹操与刘备连兵，未可卒解[1]。公举军而袭其后，可一往而定[2]。』绍辞以子疾，未得行。丰举杖击地曰：『嗟乎！遭难遇之时，而以婴儿病失其会。惜哉，事去矣！』

——《资治通鉴·汉纪五十五》

①卒：cù，用法同“仓猝”。卒解：立即解决。

②一往而定：一次解决。

㊄㊂ 关羽斩颜良

袁绍派大将颜良攻击战略要地白马（在今河南滑县），曹操亲率大军援救。智囊荀攸建议："我们兵力较少，正面对抗难以取胜，必须分散敌人的兵力。你到了延津之后，应做出准备渡河抄敌人后路的姿态，袁绍一定分兵向西阻截。然后以轻骑急袭白马，攻其不备，颜良就在掌握之中了。"

曹操依计而行，袁绍果然分兵向西，曹操乃率军昼夜不停，直扑白马。大军距白马只有十余里时颜良才发觉，仓促迎战。

曹操命张辽、关羽打前锋。关羽望见颜良的帅旗所在，跃马长驱直入，在万军之中斩杀颜良，带着人头回阵。袁绍大军对这个突然的状况大为惊愕，竟无人出手阻挡关羽。

袁绍的主力大军推进到黄河南岸，曹军在白马山南麓结阵，派人攀高眺望，报告说："敌军前锋约五六百骑。"

过一会儿，又报告："骑兵增加，步兵不可胜数。"

曹操说："好了，不必再报。"命骑兵下马解鞍。同时，大军辎重车队沿大道往西移动，将领们认为，敌人兵马太多，辎重应该撤回营地。

荀攸说："我们正在诱敌，怎么能退？"曹操闻言，给荀攸一个会心微笑。

袁绍的骑兵统帅文丑率领骑兵五六千人陆续抵达，开始集结。曹军将领一再要求上马，曹操说："暂时不要动。"

稍后，袁军骑兵集结完成，文丑亲领一支骑兵，直扑大道上的曹军辎重车队。曹操说："是时候了！"这才下令全军上马，阻截文丑。

曹军骑兵只有不超过六百人，但因文丑轻敌又贪功，结果反被截击，自己阵亡。

颜良、文丑是袁绍手下的名将，却在头二阵先后阵亡，袁军士气为之沮落。

在袁、曹双方气势消长的转折点上，却有一个人弃曹操，投奔袁绍，那个人就是中国的"武圣"关羽。

曹操生擒关羽后，非常器重他，可是发觉关羽似乎不愿留在自己阵营，就对张辽说："你们私交很好，你问问他是什么原因？"

关羽对张辽说："我知道曹公待我优厚，可是我跟刘将军有共死之誓（也就是小说中所述'但愿同年同月同日死'），我不可能背弃誓言。我迟早会离去，可是在离开之前，一定会立功报答曹公。"张辽回报曹操，曹操敬重关羽的义气。

关羽击斩颜良之后，曹操上表请汉献帝封关羽为寿亭侯，自己更时不时致赠厚礼。然而在曹操击斩文丑之后，曹军气势旺盛，不再居于下风，关羽认为此时离开，对曹操没有愧疚，于是将曹操赏赐他的所有金银器物全部封存，留下拜别书函，投奔身在袁绍阵营的刘备。

曹操左右打算追杀关羽，曹操说：“各为其主，不要追了。”

你没读到的三国

曹操为什么放关羽走？是因为关羽的义气。但不是佩服关羽对刘备讲义气，而是曹操相信，当关羽再度成为他的部下，也会对他讲义气。

曹操爱才，可是他杀了三国第一勇将吕布，因为吕布从来不讲义气，曹操也没把握能让吕布对他效忠。

关羽呢？如今让他回去刘备那里，等到打败袁绍之后（曹操此时已有击败袁绍的十足信心），刘备、关羽都会再度成为他的部下，而他需要所有可以为他所用的人才，帮他打天下。

【原典精华】

羽（对张辽）叹曰：『吾极知曹公待我厚，然吾受刘将军厚恩，誓以共死，不可背之。吾终不留，吾要当立效以报曹公乃去。』……曹公曰：『彼各为其主，勿追也。』

——《三国志·蜀书六》

㊄㊃ 许攸阵前倒戈

袁绍与曹操进入对峙状态，沮授对袁绍说：“我们的粮秣多，曹操的粮秣少，所以曹操急于作战，我们应作长期打算，消耗对方。”袁绍不听这个建议，大军继续推进。

曹操发动试探性攻击，不能取胜，粮秣即将告罄，深为苦恼。写信给荀彧，表示打算撤军返回许都，引诱袁绍深入。

荀彧急忙回信劝阻：“从前刘邦跟项羽在荥阳、成皋间对峙，谁都不肯后退，就是因为双方都深知，一旦先后退，形势就会对自己不利。你的军队虽只有袁绍的十分之一，却正好扼住他的咽喉，使他寸步不能前进，已经历时半年。现在正是出奇制胜的时机，千万不可丧失。”

曹操下令再加强营垒工事，对工兵说：“再过十五天，我为你们击破袁绍，不再麻烦你们了。”

袁绍的智囊许攸建议：“曹操倾力远出，许都必定空虚，如果派出奇兵袭取许都，迎奉天子，讨伐曹操，曹操必败。”袁绍拒绝，说：“我要正面击败并生擒曹操。”

就在这个时候，许攸的家人犯法，审配逮捕许攸家人，许攸大怒，遂投奔曹操。曹操听说许攸来奔，连鞋子都来不及穿，光着脚出来迎接，鼓掌大笑说："子远（许攸字）来到，我的大事成了！"

宾主就座后，许攸问曹操："袁绍兵力强大，你有什么好策略吗？如今还有多少存粮？"

曹操说："还可以撑一年。"

许攸说："不对吧，再说一次。"

曹操说："可以撑半年。"

许攸说："阁下不想击败袁绍了吗？怎么不肯说实话！"

曹操："方才是说笑话。老实说，只剩一个月军粮了，你说，该怎么办？"

许攸告诉曹操一个重要情报：袁绍的粮草、辎重都屯在故市、乌巢（都在今河南省延津县境内），由淳于琼领一万军队防守。如果以轻骑突袭，放火烧粮，不出三日，袁绍部队就会崩溃。

【原典精华】

既入座，谓操曰：『袁氏军盛，何以待之？今有几粮[1]乎？』操曰：『尚可支一岁。』攸曰：『无是，更言之！』又曰：『可支半岁。』攸曰：『足下不欲破袁氏邪？何言之不实也！』操曰：『向言戏之耳。其实可一月，为之奈何？』

——《资治通鉴·汉纪五十五》

①几粮：多少粮秣。

㊄㊄ 官渡之战

曹操得到宝贵的情报，立即采取行动，并使用了高级计谋：他亲自率领一支五千人的步骑兵混合部队，打着袁绍部队的旗帜，马口衔枚（衔木枝）并用绳子缚住，避免吐气出声。步兵每人带一束薪柴。就这样一路混到乌巢，即刻展开攻击，乘风纵火。

袁军陷入恐慌，守军将领淳于琼挨到天明，才发现曹军兵力不多（一万对五千），率军出营回击，怎奈主动权已握在曹操手上，败退回寨自保。

袁绍在官渡大营得到报告，决定攻击曹操大营，绝其退路。命大将高览、张郃执行这项任务。张郃说："淳于琼一旦被歼，我们将陷入危急，应该先救淳于琼。"

可是郭图附和袁绍，力主攻击曹操大营。袁绍决定，只派出轻骑兵援救淳于琼，而以主力攻击曹操大营。结果无法攻克。

救援的骑兵抵达乌巢。曹操的左右报告："敌军已经接近，请分军阻击。"

曹操大怒开骂："等他们到了背后，再告诉我。"

曹操下定决心"顾前不顾后"，曹军陷入腹背受敌的险境，士卒死中求生，拼命向前，杀声震动天地，终于击溃乌巢守军，斩淳于琼，纵火焚烧袁军屯粮。

曹操下令：将俘虏割下鼻子，牛马割下唇舌，将他们驱回袁绍大营——如此残忍画面，令袁军官兵大为震怖。

郭图的谋略失败，反而陷害张郃，对袁绍说："张郃听说兵败，现出高兴神情！"张郃与高览在前线攻曹操大营，听到消息，烧毁攻寨器械，投降曹军。

袁绍大军在一连串不利军情冲击之下，刹那间崩溃。官兵四散逃命，袁绍跟儿子袁谭，只带了八百余骑兵，北渡黄河，奔回邺城。

曹操进入袁绍大营，抄到许多朝廷官员与袁绍的来往信件，下令全数焚毁，说："面对强大的袁绍，连我自己都不敢说得以保全，何况别人！"

袁绍败回邺城，士卒个个捶胸流泪说："如果田丰在军中，一定不至于如此！"有人将情况告诉囚禁狱中的田丰，说："你这下要得到重用了。"田丰说："袁公外表宽厚，内心却相反，如果战事胜利，他一高兴，我可得赦免，如今战败，我危险了。"

袁绍起初也颇为后悔，没有采纳田丰的建议（田丰之前主张拖垮曹操，不求决战）。这时出现一个小人：逢纪。

逢纪对袁绍说："田丰得到将军败退的消息，鼓掌大笑，为他预言正确而喜。”

袁绍闻言，对幕僚说：“我不用田丰的计谋，果然被他耻笑。”下令斩田丰。

逢纪不但害死田丰，还力保审配，以对抗郭图，埋下后来袁绍死后，袁谭与袁尚分裂的种子。

你没读到的三国

这一场官渡大战，是三国三大战役之一，自此曹操独大，一步步收拾北方群雄割据的局面。

后世史家对曹胜袁败的见解是，曹、袁分别印证了他们之前的开国君主：曹操烧毁朝廷官员与袁绍交通的书信，正如东汉光武帝刘秀，在击溃王郎之后，焚烧己方将领与王郎交通的书信；而袁绍兵败后杀田丰，却与汉高祖刘邦兵败于匈奴之后，重用娄敬（刘邦之前不听谏，并将娄敬下狱）恰恰相反。一正一反，曹操该胜，袁绍当败。

【原典精华】

纪曰：『丰闻将军之退，拊[1]手大笑，喜其言之中也。』绍于是谓僚属曰：『吾不用田丰言，果为所笑。』遂杀之。

——《资治通鉴·汉纪五十五》

①拊：拍。

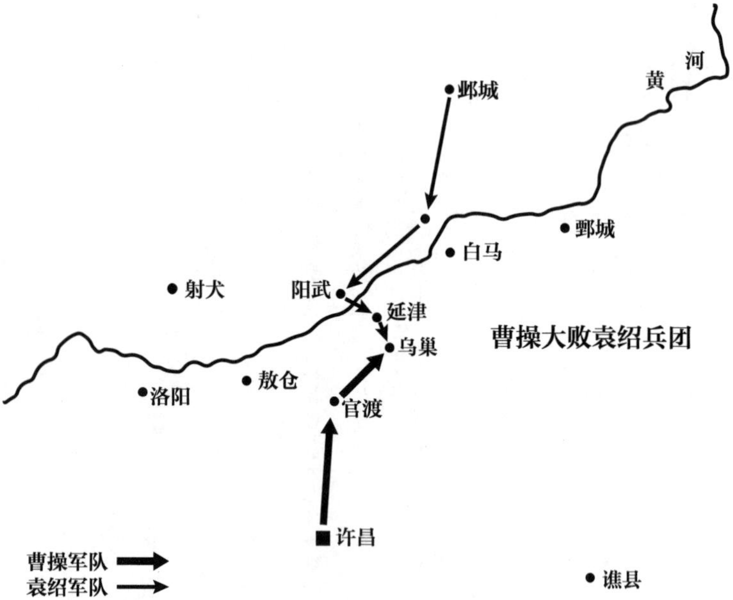

△官渡之战

㊄㊅ 孙权即位

北方官渡大战的同时，南方也发生了大变化。

袁术败亡后，余部投靠庐江太守刘勋，刘勋无法供应庞大军队的粮秣，向上缭（今江西永修县）的各宗部（地方性独立武装）征粮，却不得满足。

会稽太守孙策当时正攻击江夏太守黄祖，想要为父报仇，忌讳刘勋兵力众多，就写信给刘勋说："上缭物资丰富，如果阁下讨伐他们，我愿出兵相助。"于是刘勋大举进攻上缭，却只得到一座空城，什么都没抢到。

孙策始终掌握刘勋动向，这时偕周瑜率两万人，直袭刘勋根据地皖城（今安徽潜山市）。刘勋的妻子、其他家属，袁术的家属，以及留皖城的三万军队，全部落入孙策手中。

刘勋回师途中，再被孙策伏击，大败，向黄祖求救。黄祖派儿子黄射率五千人赴援，孙策再度大破黄刘联军，顺势进击黄祖。荆州牧刘表派出五千援军，又被孙策痛击，黄祖只身得脱。孙策俘获战舰六千艘，于是拥有江东六郡，成为一方霸主。

就在这个时候，孙策却遭仇家狙杀。

之前孙策击斩吴郡太守许贡，许贡的家仆、门客藏匿民间，一直在寻找机会替许贡复仇。孙策喜欢游猎，他的坐骑是一匹良马，奔驰速度极快，卫士往往跟不上。就在一次游猎中，孙策独自与为许贡复仇的杀手相遇，被弓箭射中面颊。卫士随后赶到，杀了许贡的门客与家仆，可是孙策却伤重陷入危境。

孙策在病榻上，召唤长史张昭等人，嘱咐说：“请各位善待我的弟弟。”

再召唤时年十九岁的弟弟孙权到床前，将印绶佩到他身上，说：“集结江东人马，在沙场上杀敌掠阵，跟天下英雄争胜，你不如我。然而，选拔任用贤能，让人才各尽心力，保卫江东，我不如你。”交待完后事，孙策就去世了。

孙权继承哥哥的基业，行政全部授权张昭，军事全部授权周瑜，张昭与周瑜也尽心尽力为孙权服务，一如孙策临终所嘱。

【原典精华】

呼权，佩以印绶，谓曰：『举江东之众，决机于两阵之间，与天下争衡，卿不如我；举贤任能，各尽其心以保江东，我不如卿。』

——《资治通鉴·汉纪五十五》

㊄㊆ “鼎足三分”之策

当曹操与袁绍在官渡对峙时，孙策曾经起念头偷袭许都，奉迎天子。也就是说，孙策的确是一位有野心，也有能力“跟天下英雄争胜”的角色。如今孙权继承哥哥打下来的江东基业，他有自知之明，晓得自己不如老哥，因此，一切的目标就摆在保守江东。

鲁肃认为，孙权既无天下大志，乃决定举家迁回临淮（今江苏和安徽的淮河沿岸地区）老家。周瑜知道鲁肃有大才，劝他留下，并向孙权推荐，说：“鲁肃的才干压倒当世群雄，你应该多延聘这样的人物，建立功业。”

孙权接见鲁肃，交谈之下，大为兴奋。等到宾客全都告辞，特地留下鲁肃，将坐榻靠在一起，倾心请教：“当今汉室垂危，我私心羡慕春秋齐桓公和晋文公的功业，先生如何指教我？”

鲁肃说：“个人认为，刘姓皇室不可能复兴，曹操不可能在短时间内除去。为将军设想，只有一条路，就是保住江东地盘，坐观天下之变。趁北方仍然兵荒马乱，无暇南顾的时侯，消灭黄祖，再进一步攻击刘表，尽可能取得长江流域控制权。然后可以建国称帝，以图谋天下，这是汉高祖刘邦建立大业的模式。”

孙权说：“我现在只想经营好江东，希望能够拥护朝廷（天子），你说得太远了！”

张昭批评鲁肃“嘴上无毛，办事不牢”，年纪轻轻，却放言高论，不知谦虚。但是孙权却更加尊重鲁肃，赠送高档衣服、帷帐给鲁肃的母亲。

你没读到的三国

史书和《三国演义》上，都是在这里第一次出现“鼎足”名词。

在此之前，最成功的大战略是“奉天子以令诸侯”，关中与河东军阀都想过，但执行不成功；袁绍则是听不进；最后成功执行的是曹操。原本孙策也想效法，可惜天不假年。而这正是孙权口中的齐桓公（尊王攘夷）功业。

鲁肃看得很清楚，曹操击败袁绍之后，实力已经独大，想从他手中抢走天子，已经不可能，甚至已经没有任何一个割据势力可以独力抵抗曹操，必须有一个具有相当实力的盟友，有默契地一同牵制曹操，让曹操必须两面作战，力量分散。两方合作牵制曹操之后，天下局势就能如鼎有三足，形成稳定状态。

只不过，鲁肃当时还看不出，谁能成为“鼎”的另一足。

【原典精华】

肃对曰：『……肃窃料之，汉室不可复兴，曹操不可卒除。为将军计，惟有鼎足江东，以观天下之衅。规模如此，亦自无嫌。何者？北方诚多务也，因其多务，剿除黄祖，进伐刘表，竟长江所极，据而有之，然后建号帝王，以图天下，此高帝之业也。』

权曰：『今尽力一方，冀以辅汉耳，此言非所及也。』

——《三国志·吴书九》

㊄㊇ 袁家兄弟阋墙

袁绍在官渡兵败之后，既羞惭又悲愤，卧病在床，呕血不止，半年之后去世。

袁绍有三个儿子：袁谭、袁熙、袁尚。袁谭的母亲先死，袁绍续弦刘氏生幼子袁尚。刘氏一直怂恿袁绍，指定袁尚为继承人，于是袁绍做了一个安排：袁绍本人是袁逢的庶子，入嗣伯父袁成继承其香火。袁绍于是指定，袁谭继承袁成这一脉。这一来，依照宗法制度，袁谭名义上成了袁绍的侄儿，就不能继承其爵位，袁尚乃成为继承人，袁谭则外放为青州刺史。

当时，只有沮授大力反对，说："《慎子》说，一万人追逐一只野兔，等到有一个人捉到了，其他人都会停止行动。为什么？因为所有权已经确定。袁谭事实上是长子，应当立为继承人，却将他排斥到外州，我担心祸患自此开始。"

袁绍不跟他辩，说："我是要考察他们的能力，所以让他们各自主持一州。"但实际上，袁谭当青州刺史，最远；次子袁熙当幽州刺史，外甥高干当并州刺史，都距离冀州比较近；

袁尚则留在身边。

沮授敢讲出这番谏言，因为袁绍知道他没有派系。其他袁氏智囊已经各自选了边：辛评、郭图拥护袁谭，逄纪、审配拥护袁尚。

等到袁绍一死，审配就假传遗命，由袁尚继承冀州牧。

袁谭由青州回邺城奔丧，已经迟了一步，于是自称车骑将军（袁绍当年起兵讨董卓时就自称车骑将军），不再回青州，驻军黎阳（今河南鹤壁市内），宣称要讨伐曹操报仇，要求袁尚拨出军队给他南征。

袁尚当然不愿老哥手握重兵，只拨给一支小部队，还派了逄纪随军监督。袁谭要求更多兵力，审配等商议后，不答应。袁谭大怒，斩逄纪。

不久，曹操大军渡黄河北上，攻击袁谭。袁谭向袁尚告急，袁尚命审配留守邺城，自己领军援救袁谭（仍不愿将军队交给老哥）。连番会战之后，袁谭、袁尚联军不敌，退守邺城。

曹军将领都主张乘胜围城，只有郭嘉持不同看法：“我们攻击太急，兄弟就会合作自保。我们停止攻击，给他们一段时间，他们一定会内斗，不如先向南攻荆州，等待变化。”

曹操说：“对极了！”

【原典精华】

沮授谏曰：『世称万人逐兔，一人获之，贪者悉止，分定[1]故也。谭长子，当为嗣，而斥使居外，祸其始此矣。』

——《资治通鉴·汉纪五十六》

①分定：名分确定。

㊄㊈ 曹操得利

曹操本人返回许都，留一个部将驻守黎阳。邺城的状况一旦放松，袁谭与袁尚立刻开始内斗。

袁谭决定用武力夺回老爹遗留下来的爵位（其实袁绍跟朝廷已经翻脸，爵位只是一个空头虚衔，实质争的是冀州的领导权），出兵攻击袁尚，在邺城外会战，袁谭兵败。冀州所有郡县各自表态，壁垒分明。

袁尚反击袁谭，袁谭大败，退守平原县城，被团团包围。于是派辛毗为使节，向曹操求援。

辛毗晋见曹操，转达袁谭求救（意味着向曹操输诚）之意。幕僚多半仍持“放任袁氏兄弟自相残杀”的主张，因此倾向“不理北方，主力对付刘表”。只有荀攸认为，袁氏兄弟已经势不两立，如今有一方来降，应赶快把握机会，否则万一很快分出胜负，冀州的力量将再次合而为一，那时候又难以对付了。

曹操认为有理，可是隔天却又变卦，因情势不易判断而游移不定。

辛毗见曹操面色有异，心知发生变化，急忙去找郭嘉，郭嘉请曹操拿定主意。

曹操召辛毗来，问："袁谭可以相信吗？袁尚可以攻克吗？"

辛毗回答："你不该问是不是有诈，而应该问形势如何才有利。如今，袁谭转而向你求援，说明袁谭的情势已经窘迫到极点，而袁尚却攻不下袁谭，说明袁尚已经力竭；这是老天要灭亡袁氏之时。你现在出兵攻击邺城，袁尚若不回军相救，邺城必不保；若回军相救，袁谭一定在后面追击。此时出兵，将得到最大利益。要晓得，四方的割据力量，没有比河北（袁氏）更强大的了。河北平定，你的兵力可以加倍，将使天下震动。"

曹操大军北进，袁尚听说曹操已经渡河，立即解除平原的包围，回守邺城。

袁尚的部将吕旷、吕翔叛降曹操。袁谭立刻派人送印信过去给二将。

曹操得到情报，知道袁谭并非真心归顺，而是借曹军之力，接收冀州军队。可是他不说破，反而安排儿子曹整娶袁谭的女儿，以为拉拢。

【原典精华】

操谓毗曰：『谭必可信，尚必可克不？』毗对曰：『明公无问信与诈也，直当论其势耳。……今往攻邺，尚不还救，即不能自守；还救，即谭踵其后。……今因其请救而抚之，利莫大焉。且四方之寇，莫大于河北，河北平，则六军盛而天下震矣。』

——《资治通鉴·汉纪五十六》

㈥㈩ 李孚骗曹操

袁尚看到袁谭渐渐恢复实力，心里比看到曹操来袭更不舒服，于是留下审配守邺城，自己领军又去攻击袁谭。

曹操改变战术，在邺城四周挖掘壕沟，全长四十里。起初只挖了浅浅一道，步兵可以涉水而过，审配在城上望见，纵声大笑，没有出兵破坏。但那是曹操故意松懈敌人心防的战术。他暗中安排器械兵力，一夜之间，挖成一条宽两丈、深两丈，骑兵跃不过的河沟。然后引漳河之水注入，邺城于是成为一个孤岛，一粒米都进不去，城中发生饥馑，人民饿死的超过一半。袁尚得报，只得撤军回救邺城。

袁尚派主簿李孚设法穿透包围圈，入城与审配联络。李孚作曹军军官装束，只带着三名骑兵，在黄昏时分到达邺城，自称是“都督”，从北面循着围城军队标志，一路向东巡查，处处呵责围城将士，见有犯规者，按曹军军令处罚。

就这样，经过曹操大营前面，到了邺城正南门。再次对围城军官大发雷霆，将军官捆绑，下令兵士打开围城工事，然后迅速奔驰到了城下，向城上呼喊。守军垂下绳索，将李孚吊上。审配等看到李孚，悲喜交加，全城欢声雷动，高呼万岁。

围城曹军将此事报告曹操，曹操笑着说：“他还得出城才算完成任务。能进城算他本事，看他怎么出城。”下令严加检查人员出入。

李孚当然知道，不能再用冒充的方法出城。他要审配集合城中老弱，全部驱逐出城，以节省粮食。曹军严格检查这批难民，不容李孚混在里头，忙得人仰马翻都没有查出奸细。

到了晚上，城内再送出数千人，每人手持白旗，从邺城南面三个门，分别出城投降。李孚和三名随从，混在人群之中，乘夜突围而去。

【原典精华】

孚斫[1]问事杖，系着马边，自着平上帻[2]，将三骑，投暮诣邺下。自称都督，历[3]北围，循表[4]而东，步步呵责守围将士，随轻重行其罚。遂历操营前，至南围，当章门，复责怒守围者，收缚之。因开其围，驰到城下，呼城上人，城上人以绳引，孚得入。配等见孚，悲喜，鼓噪称万岁。守围者以状闻，操笑曰：『此非徒得入也，方且复出。』

孚知外围益急，不可复冒，乃请配悉出城中老弱以省谷。夜，简别数千人，皆使持白幡，从三门并出降。孚复将三骑作降人服，随辈夜出，突围得去。

——《资治通鉴·汉纪五十六》

①斫：削。

②平上帻：当时（魏晋）武官流行的一种方巾。

③历：经过。

④表：围城栅栏的标记。

㈥㈠ 曹操不记旧怨

李孚进出邺城，为袁尚传达内外夹攻的战略指令后，袁尚认为胜券在握，大军直达邺城郊外。

曹军将领多半主张《孙子兵法》所说“归师勿遏”，因为袁军将士人人怀着回家之心，必将拼死奋战。可是曹操持弹性看法，说：“袁尚如果从大道来，我们就避开；如果沿着西山而来，我们将可以一举歼灭他。”——从大道来，无可回避，士卒怀着援救家人之心，将不顾生死；沿着山边而来，显示袁尚有倚险自保之心，带的也就不是誓死牺牲的军队，一旦心怀侥幸，战事稍不顺利，就会奔逃败散。

果然，袁尚大军傍着西山南下，结果，城内城外相互观望，不能同时出击，被曹操先后击退。袁尚无心再战，要求投降，被曹操拒绝，兵团登时瓦解，袁尚逃往中山（今河北中部）。

邺城内人心疑惧，终于，东门守将开城纳敌。曹军进城，邺城陷落，审配不屈而死。

袁谭乘此时机，背叛曹操，出兵夺取土地，攻击袁尚所在地中山，袁尚逃往幽州，投奔袁熙。曹操调转军队攻击袁谭，就在阵前击斩袁谭。而袁绍的外甥，并州刺史高干则投降曹操。

郭嘉建议曹操，大量延聘青、冀、幽、并四州的知名人士为官员，以收揽人心。曹操采纳，其中一位是陈琳。陈琳早先在东汉朝廷任官，劝谏大将军何进不要征召董卓入京，不被采纳，避祸冀州，后来成为袁绍的记室（文书官）。

袁绍起兵攻打曹操时，命陈琳草拟讨伐曹操的檄文，陈琳下笔辛辣、文情并茂，先说曹操是“赘阉遗丑”（宦官养子的后代），又抹黑曹操设“发丘中郎将”“摸金校尉”（暗示盗挖汉朝皇帝陵墓），将曹操塑造为一个怀着豺狼野心的污国害民之人。

檄文传布天下，当然也到了许都。曹操看了这篇檄文，气得连头疼都顾不上了。后来邺城破，陈琳归降，曹操对他说：“你帮袁绍写檄文，攻击我本人就好了，为何辱及父祖！”陈琳说：“矢在弦上，不得不发啊！”曹操仍旧让陈琳担任记室。

【原典精华】

时曹操方患头风，卧病在床。左右将此檄传进，操见之，毛骨悚然，出了一身冷汗，不觉头风顿愈，从床上一跃而起，顾[1]谓曹洪曰：『此檄何人所作？』洪曰：『闻是陈琳之笔。』

——《三国演义·第二十二回》

①顾：回头。

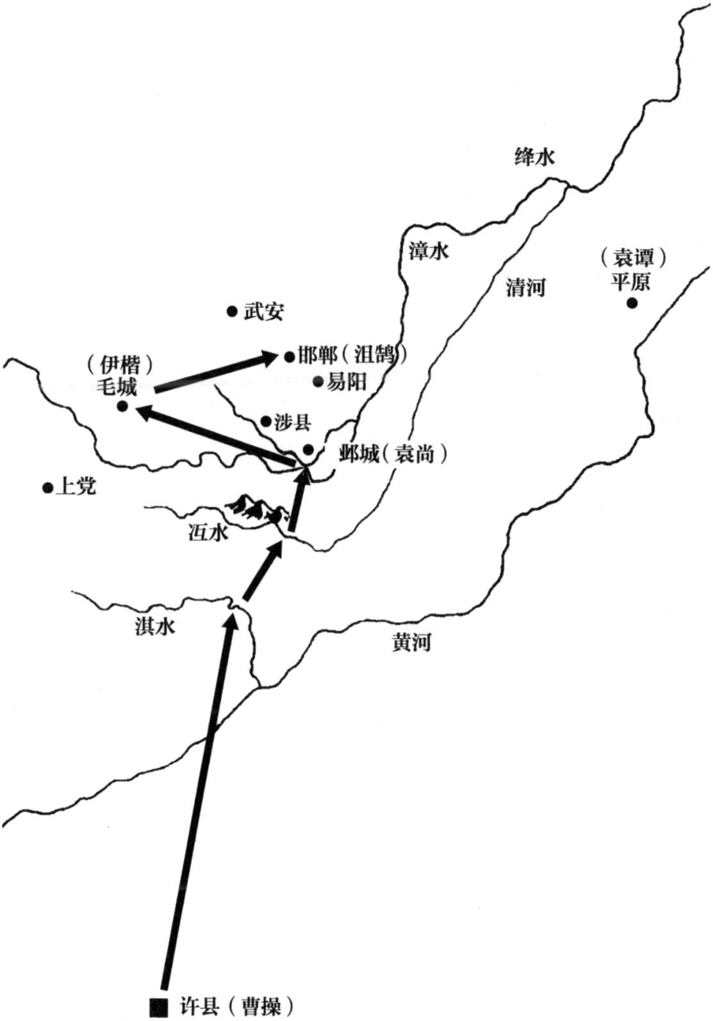

△曹操追击袁绍路线图

㊅㊁ 田畴助征乌桓

袁尚投奔袁熙，可是幽州将领焦触起兵叛变，联合诸郡太守、县令一同投降曹操。袁熙和袁尚逃往辽西，投奔乌桓单于蹋顿。曹操决定斩草除根，远征乌桓。联络据守无终（今河北玉田县）山区的独立势力领袖田畴，田畴决定加入曹操，嘱咐门下整治行装。

门下宾客问："袁绍曾经五度礼聘你，你始终不肯去做官；而今曹操的使者才来第一次，你就一副迫不及待的样子，是什么缘故？"

田畴笑着说："这就不是你们能够了解的了。"

田畴没说，但意思很明白：袁绍不是能成大功、立大业的人，不必加入败方；但曹操是能平定天下的人，所以赶快加入。田畴的眼光可以比拟诸葛亮，他不加入袁绍，犹如诸葛亮不加入刘表。

当时正逢盛夏，大雨不止，大军因泥泞进展缓慢。曹操请教田畴怎么办，田畴说："这一条大道，夏秋两季事实上无法通行。有一条古道，出卢龙塞，通柳城，已经荒废将近两百年，但仍有残迹可寻。乌桓认定我们必自无终前进，当无法前进时，就自然撤退，所以戒备松弛。”

“我们如果假装沮丧，对外宣称撤军。却从卢龙塞，翻越白檀险阻（大约今长城古北口一带），就可直接进入乌桓后方的空虚之地。趁敌方毫无防备，可以不费力就生擒蹋顿。”

曹操对这个战略大为欣赏，在大道两旁树立广告牌，告知老百姓：“且等秋冬再进军。”乌桓斥候回报，以为曹军就此撤退了。

田畴带领他的部众担任向导，攀登徐无山，逢山开路，遇谷搭桥，穿越五百里山间古道，由白檀到平冈，曹操大军集结，直扑柳城，与乌桓诸部联军展开激战，乌桓军崩溃，蹋顿及多名乌桓贵族阵亡，俘虏二十余万人。

辽东单于速仆丸带着袁尚、袁熙，投奔辽东太守公孙康（公孙度之子）。曹军将领多半主张乘胜追击，曹操说：“不必。我等着公孙康将袁尚、袁熙的人头送来。”

果然，公孙康埋伏军队，杀了袁尚、袁熙与速仆丸，三颗人头一并送给曹操。

【原典精华】

操遣使辟[1]畴，畴戒其门下趣[2]治严。门人曰：『昔袁公慕君，礼命五至，君义不屈；今曹公使一来而君若恐弗及者，何也？』畴笑曰：『此非君所识也。』

——《资治通鉴·汉纪五十七》

①辟：征召做官。

②趣：音义同“促”。趣治严：严厉地催促整装。

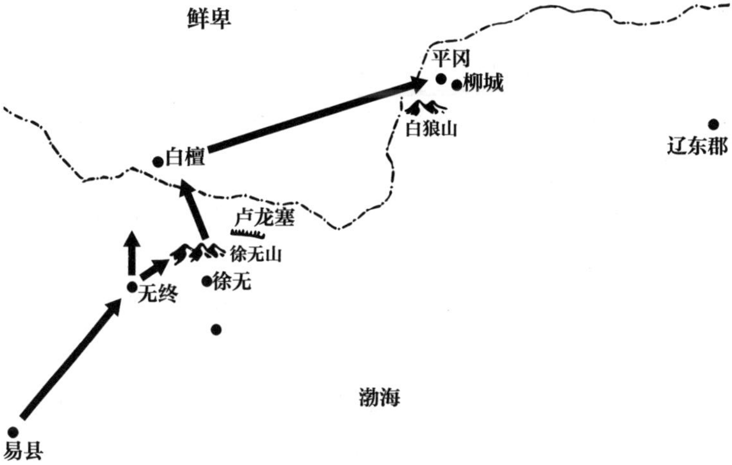

△曹操突袭乌桓路线图

㊅㊂ 三顾茅庐

曹操北伐乌桓时，刘备建议刘表出兵许都袭取天子，刘表没有接受。（刘备原本在袁绍阵营，袁绍兵败后，刘备投奔荆州，依附刘表。）

等曹操凯旋许都，刘表才对刘备说："没听你的话，失去了大好机会。"

刘备说："如今天下四分五裂，每天都有战争，机会多得是，岂会不再有？只要能抓住下一个机会，不必遗憾失去上一个！"然而，刘备私下却为髀肉复生（因为长久不骑马大腿上长了赘肉），心生悲哀，为之流涕。

刘备在荆州，四处寻访人才。荆州有一位名士司马徽，外号"水镜"，素有识人之明。刘备去拜访他，请教本地有何人才。司马徽说："识得时务必须是俊杰之才，这里有伏龙和凤雏！"潜伏的龙和幼小的凤，意指尚未出山的绝世人才。

刘备再问："谁是伏龙和凤雏？"

司马徽说："诸葛亮和庞统。"

刘备很器重的一位人才是徐庶，可是徐庶事母至孝，因母亲被曹操军队俘虏，他迫不得已，去许都见曹操。曹操放了他母亲，将徐庶留在许昌做官。

徐庶临行向刘备说：“诸葛亮是一条卧龙，将军愿不愿意跟他见面？”

刘备之前已听司马徽提及诸葛亮，这下当然愿意，说：“请你陪他一起来。”

徐庶说：“这个人只能你去拜访他，他不可能来晋见你。将军最好是亲自登门拜访。”

刘备于是亲自拜访，去了三次，才见到诸葛亮。

你没读到的三国

刘备为什么肯三顾茅庐？毕竟他曾经当过豫州牧、徐州牧，当时起码也还是个县令，而诸葛亮只是一个山野农夫。刘备为什么肯委身“枉顾”，而且顾了三次？

原因就在听说：“诸葛亮自比管、乐。”管，就是管仲；乐，就是乐毅。管仲辅佐齐桓公称霸天下，乐毅为燕昭王复国雪耻。

鲍叔牙向齐桓公推荐管仲时，说：“国君如果只以经营齐国为满足，那用我鲍叔就可以了。如果想要称霸诸侯，那非管仲不可。”

刘备如果不想称霸天下，也就不必三顾茅庐了。可是刘备渴望称霸天下，要雪耻复仇——这个农夫居然“自比管、乐”，肯定有两把刷子，尤其是“水镜”和徐庶都大力推荐他！

【原典精华】

庶谓备曰：『诸葛孔明，卧龙也。将军岂愿见之乎？』备曰：『君与俱来。』庶曰：『此人可就见[1]，不可屈致[2]也，将军宜枉驾[3]顾之。』备由是诣[4]亮，凡三往，乃见。

——《资治通鉴·汉纪五十七》

①就见：主动求见。

②屈致：委屈对方召来。

③枉驾：放低身段。

④诣：拜访。

㈥㈣ 隆中对

刘备终于见到了诸葛亮，诸葛亮提出了“隆中对”：曹操拥有百万大军，并且挟天子以令诸侯，已经无人能将他打败。孙权据有江东，人心归附，贤才尽力，只能当作朋友，不能当作敌人。荆州处在重要战略地位，可是领导人（刘表）不行，正是上天赏赐给将军的资本。益州沃野千里，是天府之国，可是领导人（刘璋）更差，蜀中人士都期待一位英明的领袖。若能拿下荆州、益州，安抚境内蛮族，再跟孙权结盟，则可以完成霸业，刘室可以复兴（刘备是刘姓宗氏）。

刘备听了诸葛亮这一番大战略，产生“深得我心”之感，对诸葛亮日益亲近，言听计从。

两个老弟兄关羽、张飞有些嫉妒，向刘备表达不满，刘备对他们说：“我得到诸葛亮，犹如鱼得到水一般。请你们不要再说了。”

你没读到的三国

《三国演义》的读者都能体会刘备“如鱼得水”的心情，但怕是很少人想过“水”等待鱼的心情。

诸葛亮在荆州，荆州是刘表的地盘。而诸葛亮其实是刘表的姻亲：诸葛亮娶黄氏，岳父黄承彦娶的蔡氏是刘表继室蔡夫人的姐姐。简单说：诸葛亮应该跟着老婆叫刘表一声姨丈，而当时在荆州政府中掌权的蔡瑁，则是黄氏的亲舅舅。

有这样的裙带关系，诸葛亮又有大志、有大才，为何不在荆州大展身手？

这就是“水”对“鱼”的渴望了——水里如果没有生物，就是一潭死水。事实上，“水不在深，有龙则灵”，在诸葛亮眼中，荆州政府那帮人不过是鱼虾而已，刘备才是“龙”。易言之，“水镜”司马徽的宣传、徐庶的推荐，都是襄阳地区那一群“政治投资客”精心布局的一环扣一环，而刘备则一步又一步地进入那个连环套，直到“如鱼得水”。

但切莫把这个布局看成诈术、圈套。因为诸葛亮有本事讲出“隆中对”旷世战略，而且他后来确实将之实现了——这是真才与骗子的不同之处。

【原典精华】

关羽、张飞不悦，备解之曰：『孤之有孔明，犹鱼之有水也。愿诸君勿复言。』

——《资治通鉴·汉纪五十七》

㉖㊄ 孙权击斩黄祖

诸葛亮认为刘表和刘璋都不成气候，跟他相同见解的，还有一位甘宁。

甘宁原本是益州巴郡一个不良少年帮派的头头，他带着兄弟招摇过市，手上持着弓弩，头上戴着鸟羽，身上佩着铃铛，老百姓听到铃声，就晓得“甘宁来了”！

二十多岁时，甘宁开始读书，见天下大乱，机会大好，想要闯出一番事业。可是他愈看益州牧刘璋愈不顺眼，于是带领了八百多人，投奔刘表。在荆州待了一段时间，看出来刘表也不是料，就打算投奔孙策。可是去往吴郡的路上是据守江夏的黄祖，于是甘宁先投奔黄祖。在黄祖手下三年，默默无闻。

孙权攻击黄祖（为孙坚报仇），黄祖败，吴军校尉凌操急追，甘宁负责断后，一箭射死凌操，黄祖才得逃生。可是回到江夏，黄祖待甘宁仍然不变，并未重用。

终于，机会来了，黄祖派甘宁出任邾县县长，甘宁乘机渡过长江，投奔孙权。周瑜、吕蒙一齐推荐，孙权于是对甘宁特别礼遇。

甘宁向孙权提出建议：“荆州掌握长江上流（湖北位居长江中游，但相对于东吴是上流），而刘表缺乏谋略，盼望你早日行动，不可以落到曹操之后。攻取荆州之后，再进一步规划取巴蜀。汉室日益衰微，曹操迟早会篡位，将军不必顾虑朝廷。”孙权同意。

当时张昭在座，提出反对：“吴郡民心还不稳，大军若西行，恐怕后方发生变乱。”

甘宁说：“主上将您当作萧何，托付重任给你，你负责留守后方，却担心变乱，怎么向古人看齐呢？”

场面有点尴尬，孙权举杯向甘宁敬酒，说：“兴霸（甘宁字），我今年内一定起兵，就如这杯酒，全部交给你了。你只管拟定方略，只要能消灭黄祖，立下大功，何必在乎张长史几句话！”

孙权依甘宁所拟战略攻击黄祖，大胜，黄祖阵亡，甘宁乃成为东吴主将之一。

然而，甘宁之前射死凌操，凌操的儿子凌统也是东吴将领，常常要找机会报父仇。孙权一边阻止凌统，一边将甘宁派驻外地。

【原典精华】

张昭时在坐，难曰：『今吴下业业[1]，若军果行，恐必致乱。』宁谓昭曰：『国家以萧何之任付君，君居守而忧乱，奚以希慕古人乎？』

权举酒属宁曰：『兴霸，今年行讨，如此酒矣，决以付卿。卿但当勉建方略，令必克祖，则卿之功，何嫌张长史之言乎。』

——《资治通鉴·汉纪五十七》

①业业：危惧。意指孙策死后，人心尚未稳定。

㊅㊅ 刘表死，荆州降

孙权击斩黄祖，曹操也发动对荆州的军事行动。与此同时，荆州内部发生了大变化。

荆州牧刘表有两个儿子：刘琦和刘琮。刘表的续弦蔡夫人无子，可是她的侄女嫁给了刘琮，因此蔡夫人喜爱刘琮，而排斥刘琦。蔡夫人的弟弟蔡瑁与刘表的外甥张允在荆州政府中掌权，他俩跟蔡夫人同一阵线。

刘琦发现他的处境日益险恶，深为不安。就去拜访诸葛亮，请他指点迷津，可是诸葛亮明白，四处都是蔡瑁的眼线，他绝对不想被卷进夺嫡斗争，因此总是闭口不言。

有一天，刘琦邀请诸葛亮登上高楼，两人上了楼以后，刘琦命人抽去楼梯，对诸葛亮说："现在上不接天，下不着地，话出自你口，入我一人之耳，你可以放心说了吧。"

诸葛亮说："你难道不记得了吗，申生留在国内遭到陷害，重耳流亡在外乃得安全。"刘琦顿时开悟，找机会离开襄阳。

诸葛亮说的，是春秋时代的故事。晋献公娶骊姬，生子奚齐，骊姬想要立奚齐为太子，因此千方百计陷害太子申生，终于逼得申生自杀。而公子重耳因为戍守外地，乃得出奔国外，后来回到晋国，当了国君，就是春秋五霸之一的晋文公。

诸葛亮作了贴切的比喻，刘琦乃决定效法重耳。刚好黄祖战死，刘琦赶紧向老爸提出，自愿前往驻守江夏，刘表大喜，立即发表刘琦为江夏太守。

不久，刘表病重，刘琦回襄阳探病，蔡瑁、张允当然不容许在这个关键时刻再生变化。就告诉刘琦："你的父亲叫你镇守江夏，责任何等重大，你居然擅离职守，贸然来襄阳！给你父亲看见，一定非常生气，万一心情不好，加重了病情，可不是孝顺之道。"将刘琦挡在房门外面，不让他进去，刘琦痛哭流涕告辞。

刘表的病愈来愈重，终于去世。蔡瑁、张允拥护刘琮继任荆州牧，而将刘表的爵位印信送去江夏。刘琦气得将印信掷向地上，计划起兵攻向襄阳。

可是不等他出兵，刘琮已经投降曹操。

【原典精华】

后乃共升高楼，因令去梯。谓亮曰：『今日上不至天，下不至地，言出子口，而入吾耳，可以言未？』亮曰：『君不见申生在内而危，重耳居外而安乎？』琦意感悟，阴规出计[1]。

——《资治通鉴·汉纪五十七》

①阴：暗中。规：规划。阴规出计：暗中规划如何脱出襄阳。

㊅㊆ 赵云长坂坡救阿斗

刘琮派人将汉献帝颁发的荆州牧符节，送去给曹操，以示向朝廷归顺。

当时，刘备驻军樊城，与襄阳只隔一道汉水，但刘琮不敢告诉刘备，直到曹操大军已经到达宛城，刘备才发觉。

刘备紧急召集军事会议，有人主张攻击刘琮（襄阳），可是刘备否决，说："若如此，死后有何面目见刘表?"于是率众向南逃命。经过襄阳城时，向城头呼唤刘琮，刘琮不敢露面，但荆州人士有很多出城追随刘备。大队人马经过刘表坟墓时，还去致祭一番。

这支队伍包括军队与士人、平民，到当阳时，人数达到十余万，辎重车数千辆，行动迟缓，每天只能前进十余里。刘备见这样不是办法，命关羽率领水军数百艘，将粮草、辎重顺汉水往下送，约定在江陵会合。

有人向刘备建议："行军必须迅速，才能尽快到达江陵，部署防御。现在的情况，有铠甲的战士太少，如果曹操大军追及，如何抵御。"意思是，不能带着老百姓与军队一同走。

刘备说:“创立大业,人民是根本,他们追随我,我怎么忍心抛弃?”

曹操也知道,江陵储存大量粮秣武器,不能让刘备得到。于是将辎重留下,拣选精锐骑兵五千人,加紧追赶,一日一夜奔驰三百里!(刘备的亡命大军一天才行十余里。)

终于,曹军的骑兵在当阳长坂一带追上了流亡大军,立即展开攻击。刘备的十余万军民混杂的大队瞬间崩溃,刘备跟诸葛亮、张飞、赵云等,在数十名骑兵护卫下逃走,可是妻子儿女却走失了。

张飞率二十余人断后,据守河岸,拆除桥梁,在马上横矛怒瞪,大吼说:“我就是张飞,有种的,上来决一生死。”这股气势压倒了曹军,没有人敢逼近。

仓皇奔逃中,有人向刘备报告:“赵云向北逃走。”(向北,意指投降曹操。)

刘备将手戟掷向报告人,说:“子龙(赵云字)绝不会抛弃我。”

过了一会儿,赵云追了上来,怀中抱着刘备的儿子刘禅——也就是刘阿斗。

赵子龙救回了阿斗,可是江陵却去不了了。刘备与关羽的船队会合,渡过沔水,前往江夏与刘琦会合。

【原典精华】

或谓备：『赵云已北走。』备以手戟擿[1]之曰：『子龙不弃我走也。』顷之，云身抱备子禅，与关羽船会。

——《资治通鉴·汉纪五十七》

①擿：zhì，同“掷”。

㊅㊇ 孙刘联手抗曹

东吴这边，对上游的变化，非常敏感。刘表逝世时，鲁肃第一时间向孙权建议：“刘表刚死，两个儿子内斗。刘备是个枭雄，寄居荆州，刘表对他始终怀有戒心。如果刘备能跟刘表的继承人同心合力，我们就应该跟他们缔结友好关系，如果他们之间不能合作，则我们应另做打算。无论如何，此刻都应该去荆州吊丧。我志愿承担这个任务，并说服刘备，安抚刘表部众，团结抵抗曹操。如果不赶快前往，恐怕落在曹操之后。”

鲁肃是第一个提出“鼎足天下”战略观的人，他当时并不晓得，南阳出了个诸葛亮，提出了“隆中对”。而他昼夜兼程赶路，却在半路接到刘琮归降曹操的消息。

于是他更改路线，在当阳、长坂迎上了败退的刘备。鲁肃提出他的意见，刘备当然表示欢迎，于是进驻樊口，与夏口的刘琦结成掎角之势。

鲁肃必须回去复命，而曹操已经攻取江陵，大军随时顺江而下。诸葛亮向刘备请缨：“形势危急，请派我去向孙权求援。”于是与鲁肃一同东行。

诸葛亮在柴桑（今属江西九江市）晋见孙权，说：“将军如果能以吴越之众，与曹操抗衡，就应早一点表明态度；如果不能，何不收起武器、卸下铠甲，投降曹操？如今的情况，将军表面上服从朝廷，内心却三心二意，紧急时刻却无决断，大祸随时临头。”

孙权吐槽：“那刘豫州（仍称刘备的豫州牧头衔）为何不投降曹操！”

诸葛亮说：“刘豫州是刘姓皇室血胄，具有盖世英才，天下士人对他倾心，如百川归向大海。即使大事不成，只能说是天意，怎么可能屈身曹操之下！”

这一招激将法大为收效，孙权勃然大怒，说：“我又怎么可能将整个东吴土地，十万大军，拱手奉送，去受人控制！我决心已定，跟刘豫州一同抗曹。可是，刘豫州新近遭到挫败，怎么挡得住曹操？”

诸葛亮说：“刘豫州虽败于长坂坡，可是加上关羽的水军，还有精兵万人，刘琦的江夏部队也不下一万人。曹操大军远来疲惫，他追击刘豫州时，轻骑一日一夜急行军三百余里。正所谓‘强弩之末，势不能穿鲁缟’，犯了兵法大忌，肯定会损失大将。况且北方军队不熟悉水战，荆州虽有水军，但荆州军民对曹操并不心服。将军只要派出猛将，跟刘豫州同心协力，一定可以击破曹军。曹操一旦兵败，必定向北撤退，回到许昌，如此则荆州与东吴的势力茁壮，鼎足之分的形势就确定了。成败之机，就在今天决定，请勿再犹豫！”

说是决心已定，可是曹操八十万大军已经集结，东吴又有多少兵力可以抗衡呢？又由谁来领军呢？

【原典精华】

（诸葛亮）说权曰：『……若能以吴、越之众与中国抗衡，不如早与之绝；若不能，何不按兵束甲[1]，北面[2]而事之！今将军外托服从之名而内怀犹豫之计，事急而不断，祸至无日矣！』

权曰：『苟如君言，刘豫州何不遂事之乎！』

亮曰：『田横，齐之壮士耳，犹守义不辱；况刘豫州王室之胄，英才盖世，众士慕仰，若水之归海。若事之不济，此乃天也，安能复为之下乎！』

权勃然曰：『吾不能举全吴之地，十万之众，受制于人。吾计决矣！……』

亮曰：『……曹操之众，远来疲敝，闻追豫州，轻骑一日一夜行三百余里，此所谓「强弩之末势不能穿鲁缟[3]」者也。』

——《资治通鉴·汉纪五十七》

①按兵束甲：放下武器，收起战甲。

②北面：面向北方，指臣服。

③缟：鲁地出产的绸缎，工细而质轻。

㊅㊈ 东吴主战将领周瑜

孙权决心抗曹，可是东吴的臣子却毫无信心。

曹操写了一封信给孙权，说要“亲率八十万大军，跟将军你‘会猎于吴’”。这是什么意思？吴是孙权的地盘，带了大军到人家地盘上打猎，那不是侵门踏户吗？

东吴众臣推张昭发言：“曹操挟天子以征讨四方，我们跟他对抗，在名分上就矮了一截。而我们唯一的屏障是长江，曹操既已取得荆州，长江天险已不可恃，形势强弱，兵力多寡，至为明显，我主张迎接曹操，归顺朝廷。”

鲁肃在现场，不发一语。趁孙权上厕所的机会，鲁肃追到走廊上，对孙权说：“那些家伙只会误将军的事。要晓得，我鲁肃可以降曹，多半还有官可以做（那些人也是）；可是将军若迎曹，要到哪里安身？”

鲁肃建议孙权，召回在鄱阳湖练水军的周瑜，共商大事。周瑜回到吴郡，对孙权说：“曹操名义上是汉朝宰相，其实是汉朝的奸贼。将军继承兄长的基业，拥有江东数千里土地，军队精良，粮秣充实，自当横行天下，为汉朝除去污垢（指曹操)。如果曹操亲自前来送死，岂可反而迎接他呢？请拨给我数万精兵，进驻夏口，我负责击破来敌。”

孙权说：“我与老贼势不两立。你主张主动出击，正合我意，是上天将你赐给我的！”抽出佩刀，砍向桌案，说：“文武官员哪个再说迎接曹操，有如此案！”

《三国志》作者陈寿借着周瑜之口，说出“曹操名为汉相，实为汉贼”这句名言，这是他的“春秋之笔”，或说他在史书中偷藏的“暗箭”。陈寿原本是蜀汉的官，后来刘阿斗归顺晋朝，陈寿成了晋朝的官。晋是篡魏而来，因此陈寿著《三国志》以魏为正朔，大处必须称曹操为“武帝”，只能在这种角落“放暗箭”。

【原典精华】

瑜至，谓权曰：『操虽托名汉相，其实汉贼也。将军以神武雄才，兼仗父兄之烈，割据江东，地方数千里，兵精足用，英雄乐业，当横行天下，为汉家除残去秽；况操自送死，而可迎之邪？……瑜请得精兵数万人，进住夏口，保为将军破之！』权曰：『……孤与老贼势不两立，君言当击，甚与孤合，此天以君授孤也。』因拔刀斫前奏案曰：『诸将吏敢复有言当迎操者，与此案同！』

——《资治通鉴·汉纪五十七》

㊆㊉ 火烧赤壁

刘备驻军樊口，每天都派人去江边，向东眺望，盼孙权“大军”到来。

终于，看见了！斥候飞奔报告，刘备派人前往劳军。周瑜说：“军令在身，不能擅离岗位，倘若大驾能委屈前来，竭诚盼望。”

刘备于是乘上小艇，上了周瑜的旗舰，问：“周郎此来带了多少人马？”

周瑜说：“三万人。”

刘备说：“可惜太少。”

周瑜说：“够了，豫州且看周瑜破敌！”

刘备请鲁肃前来会晤，周瑜说：“他同样军令在身，不能擅离岗位。若想见他，请去他的座舰！”

刘备闻言，深为“愧喜”。

周瑜进驻赤壁，与曹军小有接触，曹军不利，退回长江北岸乌林（今湖北洪湖市），周瑜军驻南岸，与曹军隔江相对。

周瑜部将黄盖献策：“敌众我寡，不宜僵持。曹操船舰以铁链连锁，首尾相接，我们可以用火攻。”

于是集结“艨艟”（战舰船型名）十艘，船舱中满载干燥芦草和木柴，浇上油，每艘船尾都系上“走舸”（快艇）。事先，黄盖派人送信给曹操，诈称要投降。

突击发动时，东南风正急。黄盖命十艘战舰先驶往江心，升起篷帆，其他舰艇则在后跟进。曹营官兵涌出营寨，指指点点，欢声雷动，认为东吴将士投诚来归。

黄盖带头，十艘“油舰”驶到距曹操水军约二里时，各舰同时引火。东吴军士换乘“走舸”脱身，“火舰”则冲向曹军。风助火势，船行疾如流星，直冲入曹军连环舰队，江上顿成一片火海，延烧到岸上陆军营寨。顷刻间，火焰浓烟直冲上天，人马或被烧死，或堕入长江溺死，哭号震天，死伤不计其数。

周瑜领着轻装舰艇随后赶到，战鼓雷鸣，震动天地。曹操大军刹时崩溃，曹操无法控制局面，率领残军，抄华容狭径向西逃走。沿途泥泞不堪，又突然刮起狂风。曹操命老弱残兵身负野草，在队伍前铺路，骑兵才勉强通过，通过时，为他们开路的老弱残兵，或被践踏，或陷入泥浆，死亡不计其数。

这时候，刘备的陆军加入追击，一直追到南郡（江陵），取得荆州南方四郡（武陵、长沙、桂阳、零陵，都在长江南岸），上表（其实是自封）刘琦为荆州刺史，算是取得了半个荆州为根据地。

曹操本人奔回许都，留曹仁、徐晃守江陵，乐进守襄阳。周瑜渡江，击败曹仁，取得荆州江北三郡，曹仁勉强守住襄阳（南阳郡），荆州八郡此时分属三家。

你没读到的三国

刘备“愧”的是自己要求召唤鲁肃反而被呛，“喜”的是周瑜治军严整。——这是史学家胡三省注解《资治通鉴》的观点。

在这一段中可以看到的是一个完全没把刘备放在眼里的周瑜，也是一个没把曹操八十万大军放在眼里的周瑜。

周瑜不是一个狂妄之徒，他应该已经胸有成竹。基本上，他已经决定在长江上跟曹操决战，而“水军三万”兵力不逊荆州水军。

而刘备的“喜”，可能还有更深一层——周瑜只有水军，若周瑜水军打赢了，刘备的陆军可以尽情“割稻尾”矣！

【原典精华】

时东南风急，盖以十舰最著前，中江举帆，余船以次俱进。操军吏士皆出营立观，指言盖降。去北军二里余，同时发火，火烈风猛，船往如箭，烧尽北船，延及岸上营落。顷之，烟炎张天，人马烧溺死者甚众。

——《资治通鉴·汉纪五十七》

你没读到的三国

史书与文献都将这一场大战称为“赤壁之战”。然而，赤壁在长江南岸，而战斗发生在北岸的乌林，因此有人主张，这场战役应该正名为“乌林之战”。

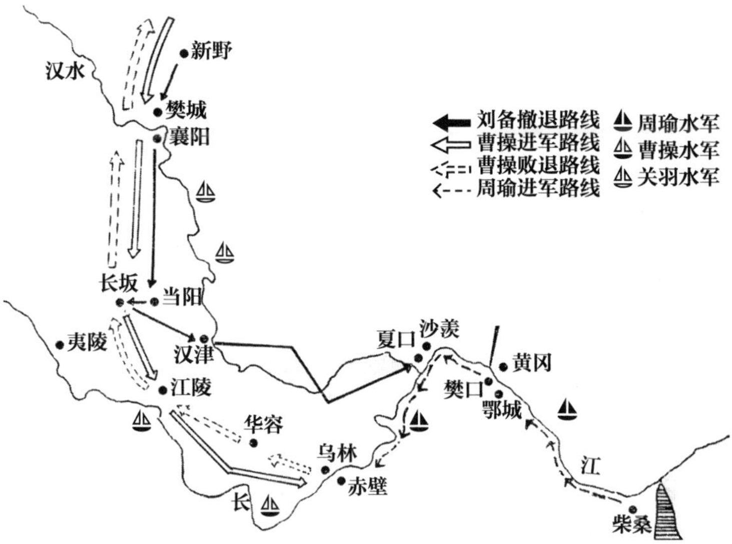
刘备撤退路线
曹操进军路线
曹操败退路线
周瑜进军路线
周瑜水军
曹操水军
关羽水军
汉水
新野
樊城
襄阳
长坂
当阳
夷陵
汉津
江陵
华容
乌林
赤壁
长
夏口
沙羡
樊口
鄂城
黄冈
江
柴桑

△赤壁之战

㈦㈠ 蒋干游说周瑜

孙权进一步拉拢刘备，把妹妹（小说中名字叫孙尚香）嫁给刘备，两人年纪相差二十多岁（刘备大孙权二十一岁）。这位孙小妹有着两个哥哥的英雄气概，侍婢一百余人，个个手执兵器，在旁侍候。刘备每次进入内宅，都忐忑不安。

周瑜还建议，将荆州的江南四郡“借”给刘备（事实上刘备已实质占领）。这个消息传到许都，曹操正在吃饭，闻讯一惊，手中的筷子掉在地上——鼎足之势形成，曹操从此必须两面作战！

曹操派出密使蒋干，前往游说周瑜。蒋干以辩才闻名当世，“江淮之间无人能及”。蒋干换上布衣，头戴葛巾，一副平民装束，声明纯以私人情谊拜访老友。周瑜亲自到营门外迎接（跟他对待刘备的公事公办扑克嘴脸大不相同），对蒋干说：“好久不见啊！你不远千里而来，莫非是当曹操的说客？”

周瑜陪着蒋干参观营区，甚至带他去看仓库、粮秣、武器，然后设下筵席，欢宴嘉宾。席间向蒋干说：“大丈夫生在当世，遇到知己的领袖，外在是君臣关系，内在却情同骨肉，有福同享，有难同当。纵使苏秦、张仪（二人是战国时代口才最利的角色）再世，也不能动摇我的忠心！”

蒋干听得只能赔笑，插不上话。回到许都，向曹操报告，“周瑜不可能被离间”！

而蒋干对曹操说，周瑜雅量高致，“雅量”就是指周瑜多才多艺，“高致”才是指他对孙权的忠诚。

无论如何，周瑜都不是《三国演义》描绘的那种气量狭窄之人。而蒋干也不是丑角，只不过，他真的是衬托周瑜的配角。

你没读到的三国

周瑜宴请蒋干时，有一侍女在旁边抚琴助兴，曲艺超妙。

蒋干诧异，周瑜治军严谨，军中怎么会有女乐？才知道，这个侍女是小乔的陪嫁婢女，天生是个哑巴，不可能泄露军情。

蒋干说：“听人家说‘曲有误，周郎顾’，周郎既有此佳音，想必不再有顾曲之虑了！”

周瑜精通音律，乐队若有弹奏错误，他会为之回头（有责备之意），是所谓“曲有误，周郎顾”的由来。而蒋干所言是双关语：一方面称赞侍女曲艺精湛，一方面暗指“不会有泄密后顾之忧”。

【原典精华】

（周瑜）因谓干曰：『丈夫处世，遇知己之主，外托君臣之义，内结骨肉之恩，言行计从，祸福共之，假使苏、张更生[1]，能移其意乎！』干但[2]笑，终无所言。还白操，称瑜雅量高致，非言辞所能间也。

——《资治通鉴·汉纪五十八》

①更：再次。更生：重生、再世。

②但：只能。

㊆㊁ 士别三日，刮目相看

周瑜文武全才，可惜天妒英才。他知道自己有病在身，仍然向孙权提出："曹操遭逢大挫败，短期内不可能对南方采取任何行动。我请求与孙瑜（孙权的堂兄）一同西征，夺取益州、吞并张鲁（割据汉中），然后留孙瑜镇守益州，让他跟凉州的马超结盟，巩固西方。我则回驻荆州，进军襄阳，向曹操施压，北方大有可为。"

孙权批准，可是周瑜却在由建康返回江陵途中病危，上书推荐鲁肃代替他的职位，之后在巴丘逝世。

孙权得报，痛哭，说："周瑜有辅佐帝王的才能，却猝然逝世，我将依靠何人？"亲自西上奔丧，迎回周瑜的棺柩。

孙权重新部署兵力：鲁肃接替周瑜的统帅职位，兼任汉昌太守，驻军陆口；程普担任江夏太守，并接受鲁肃的建议（之前周瑜已经建议），将荆州江北三郡借给刘备。

鲁肃充分贯彻他的战略主张：鼎足三分。因此，让刘备拥有足够的实力，成为"第三足"。鲁肃不像周瑜有旺盛的企图心，可是鲁肃绝不私心揽权。他接替周瑜职位的同时，就安排好了自己的接班人——吕蒙。

吕蒙十六岁就跟姐夫从军，累积战功成为将军。孙权曾对吕蒙说："你现在是将领了，不可以不读书。"

吕蒙说："不是我不读书，实在是军中事情太多，没时间读书。"

孙权说："我又不是要你去当博士，只是希望你知道从前发生过什么事就够了（显然要他读历史）。别以没有时间为理由，谁能比我更忙？我仍然常常读书，自己感觉大有裨益。"吕蒙这才开始求学。

鲁肃赴任，经过寻阳，与吕蒙交谈，大为吃惊，说："你现在的见识、才智，已经不是当年的吴下阿蒙了！"

吕蒙说："士别三日，就该刮目相待。大哥你怎么才知道！"

鲁肃于是拜见吕蒙的母亲，与吕蒙结为好友，然后告辞。

【原典精华】

及鲁肃过寻阳，与蒙论议，大惊曰：『卿今者才略，非复吴下阿蒙！』蒙曰：『士别三日，即更刮目相待，大兄何见事之晚乎！』

——《资治通鉴·汉纪五十八》

㊆㊂ 凉州军阀败散

南方孙刘联手，合作无间，曹操无心也无力南向，于是转向西方。

关中当时的情况很复杂，董卓的西凉军团在李傕、郭汜败亡之后，名义上服从朝廷，实质上各自割据一块地盘，形成一个不稳定的平衡状态。

曹操命令钟繇与夏侯渊讨伐汉中张鲁。汉中是关中南方的一个封闭盆地，夹在秦岭、大巴山之间，进出交通主要靠栈道，也就是所谓“难于上青天”的蜀道。

曹操向汉中用兵，关中诸将一致认为是“声东击西”，目标其实是关中。于是，十部将领联合叛变，共聚集了十万人马，扼守潼关，主力是韩遂与马超。

事情严重了，曹操不得不亲自出征。马超英勇善战，以庞大弓弩部队发动攻击，箭如雨下。曹操乘船渡过黄河，水手都被流箭射死，许褚左手持马鞍掩护曹操，右手撑篙，使船进入中流。曹军校尉丁斐将供应大军的牛马（拉车及肉食都需要）统统放出，西凉军队纷纷抢夺牛马，攻势顿缓，曹操才安全渡过黄河。

曹军渡河后，形势改观。马超等屡次挑战，曹军坚壁不出，完全不应战。西凉诸将态度不稳，有人提议求和。曹操问贾诩对策，贾诩认为“可以假装允许”，曹操问该怎么执行？贾诩说：“离间。”曹操说：“了解！”（对话用字精简，避免被听到而泄露。）

曹操约韩遂在两军阵前见面。两人是旧识，阵前两马相交，寒暄问候许久，没有一句话谈及军事，只谈两人从前在长安的往事与共同的老朋友，说到高兴处，更拊掌欢笑。

气氛看来非常融洽，西凉军中的胡人、秦人（关中人）渐渐围上前去。曹操笑着对他们说：“你们没见过曹操吗？我也是个凡人，并没有四只眼睛两张口，只不过智谋多了一些而已。”

交谈结束，各自回阵。马超等问韩遂：“你跟曹操谈些什么？”韩遂说：“没谈什么。”马超等因此起了疑心。

过两天，曹操又写信给韩遂，却故意落入马超手中，信中涂改很多地方，似乎是韩遂改写的。这下子，马超疑心愈发加重。

曹操估计，离间计的作用应该已经发酵，于是约定日期决战。先以轻装部队挑战，厮杀中，突然投入主力部队，凉州各军团相互猜疑，各自奔逃保持实力，联合阵线霎时溃不成军，马超与韩遂逃奔凉州。

【原典精华】

（韩遂与曹操）于是交马语移时[1]，不及军事，但说京都旧故，拊手欢笑。时秦、胡观者，前后重沓，操笑谓之曰：『尔欲观曹公邪？亦犹人也，非有四目两口，但多智耳。』既罢，超等问遂：『公何言？』遂曰：『无所言也。』超等疑之。

——《资治通鉴·汉纪五十八》

①移时：一会儿。

㊆㊃ 张松引刘备入蜀

之前曹操得到荆州时，益州牧刘璋为之紧张，派出别驾张松去向曹操祝贺示好。

张松个子短小，外貌不起眼，但思路敏捷超过常人。可是，曹操当时灭了袁氏父子，又兵不血刃得到荆州，刘备落荒而逃，一连串的胜利冲昏了他的脑袋，没有太搭理其貌不扬的张松。曹营主簿杨修向曹操建议，将张松留在朝廷任官，被曹操否决。

张松返回益州，对曹操怀恨在心。乃建议刘璋拉拢刘备，刘璋同意，问："派谁去好？"张松推荐法正。法正跟张松私交很好，而他在益州不甚得意，见刘备时，刘备百般笼络（诸葛亮在"隆中对"就锁定益州，当然要把握这个机会）。于是法正回到益州后大力鼓吹与刘备结盟。私下里，法正对张松说，"刘备有雄才大略"，两人乃密谋奉迎刘备。

等到曹操派兵攻打张鲁的消息传来。刘璋又紧张了，惶惶不可终日。张松于是进言："曹操的军队天下无敌，如果张鲁像刘琮一样献出汉中，曹操得了张鲁的军队，攻击蜀地，怎么挡得住？刘备与阁下同为汉室宗胄，他既能打仗，又跟曹操结下深仇（指赤壁大败让曹操受辱），如果让他去攻打张鲁，张鲁必败。即使曹操大军到来，也不能怎样了。”

刘璋完全同意张松的意见，派法正率四千人，前往迎接刘备。益州政府里面还是有头脑清楚的人，主簿黄权极力劝阻，刘璋不听，将黄权逐出成都，去当广汉太守。从事王累甚至将自己头朝下倒悬在成都城门，如此激烈的劝谏，刘璋一概不听。

你没读到的三国

这可能是唯一一次，看到曹操对一个人才视而不见。

已故的萨孟武教授认为，开国君主的四项标准曹操全都达到了：求才如渴、惜才如命、挥金如土、杀人如麻。——并不是每位开国君主都具备这四个条件。

可是，曹操却因为轻视张松而使得益州后来被刘备得去。天下“一统还是三分”，可能就由曹操当时的“下巴的角度”决定了！

当时尚在赤壁之战前，曹操一心以为江南已在囊中，无暇顾及西边的益州，也是他轻视张松的原因。

【原典精华】

松因说璋曰：『曹公兵无敌于天下，若因张鲁之资以取蜀土，谁能御之！刘豫州，使君之宗室而曹公之深仇也，善用兵。若使之讨鲁，鲁必破矣。鲁破，则益州强，曹公虽来，无能为也！』

——《资治通鉴·汉纪五十八》

㊆㊄ 独坐穷山，放虎自卫

法正到了荆州，向刘备表明效忠之意，说：“以将军的才智与能力，应该利用刘璋的昏庸。张松是益州政府中的高官，有他为内应，万无一失。”

刘备迟疑不决，这时，有一个人发言了，这人是跟诸葛亮齐名的庞统（水镜先生司马徽口中的“凤雏”）。他说：“荆州历经战乱，已经荒凉残破，而东有孙权，北有曹操，发展空间都很小。只有西方的益州，户口百万，土地肥沃，物产富饶。如果能取来作为资本，大业可成。”

刘备说：“现在的敌人是曹操。曹操严厉，我宽厚；曹操残暴，我仁慈；曹操诡诈，我忠信。我因为作风跟曹操相反，才得以成功。如果为了小利而抛弃信义，要如何面对天下？”

庞统说：“处乱世如果拘泥于单一原则，不可能安定天下。吞食弱小，兼并愚昧，逆取顺守，这些行为一向受古人肯定。等到事情完成之后，可以封刘璋一个富庶的采邑，对大义有何亏欠？况且刘璋昏庸，今天我们不取，终会落入他人之手。”

这番话说服了刘备，刘备于是命诸葛亮跟关羽、张飞、赵云留守荆州，刘备自己和庞统率步兵数万人，进入益州。刘璋命令沿途地方政府，提供刘备军队所需物资，因此，刘备进入益州，如游子回到家乡一般。

巴郡（今重庆市和四川部分区域）太守严颜捶胸叹息：“这不就是所谓‘独坐深山之中，放老虎自卫’吗？”

刘备到了涪县（今四川绵阳市），刘璋亲率步骑兵三万余人，车辆装饰华丽，精光耀日，前往迎接。

张松命法正通知刘备，就在会面时发动袭击。刘备说：“不可仓促行事！”庞统说：“只有那个时机，可以不费一兵一卒，稳得一州之地。”刘备说：“我们进入他人之国，恩信未着，人心未附，不可如此。”

二刘会面，刘璋推举刘备为大司马，领司隶校尉；刘备推举刘璋为镇西大将军兼益州牧（都是朝廷官衔，有了这个仪式，就可以“名正言顺”讨伐张鲁）。

双方军队的将领、士卒，欢宴百余日。然后刘备北上攻击张鲁，加上刘璋拨给的军队，共带走三万余人。

刘璋则放心地回到成都。

【原典精华】

统曰：『乱离之时，固非一道所能定也。且兼弱攻昧，逆取顺守，古人所贵。若事定之后，封以大国，何负于信！今日不取，终为人利耳。』

——《资治通鉴·汉纪五十八》

㈦㈥ 有断头将军，无降将军

刘备军队推进到葭萌关（在今四川广元市），庞统又提建议："现在可采用的计策有上、中、下三种：上策是派出精兵，昼夜不停，加倍速度，直袭成都；中策是托言荆州发生状况，必须回去处理，刘璋派在白水的将领必来相送，借此机会擒住他们，然后进攻成都；下策是撤退到白帝，徐图后进。如果困在这个地方，不可能长久。"（三策都没有进攻汉中的打算，存心欺骗刘璋。）

刘备同意"中策"，正好曹操大军攻击孙权，孙权向刘备求援。刘备乃以此理由向刘璋表示，要撤军回荆州，向刘璋请求增加一万军队及物资。刘璋原本寄望刘备帮他平定张鲁，如今大失所望，对刘备的需索，只答应拨付四千人和一半军需物资。刘备遂以此为借口，跟刘璋翻脸。

而在刘备表示要回荆州时，人在成都的张松听到消息，以为是真的，急忙写信给刘备，说："大事只欠临门一脚，为何半途而废？"张松的哥哥张肃知道老弟的阴谋，唯恐一旦事发，牵连到自己，于是向刘璋告密，刘璋斩张松，下令各关隘防备刘备。

刘备于是不再遮掩，大军直指成都，同时调诸葛亮率军增援。诸葛亮带张飞、赵云西上，留关羽守荆州。

荆州军攻陷巴郡，俘虏太守严颜。张飞叱责严颜：“大军既到，你为什么不投降？竟敢抵抗！”

严颜顶回去：“是你们违背义理，侵夺我益州。益州只有断头将军，没有投降将军。”

张飞火了，命左右将他拉下去砍头。

严颜面不改色，说：“砍头就砍头！”

张飞对严颜的胆气大为佩服，亲自解开他的捆绑，请他上座为贵宾。

你没读到的三国

严颜大义凛然，读者莫不钦佩。可是，张飞为他解缚，又引为上宾之后，为何就跟张飞结为好友，且甘为刘军将领呢？难道是“义”超过了“忠”？——那岂不是《三国演义》变成《水浒传》了？

可能是因为忠臣也不得不承认：刘璋实在太烂了。之前严颜就慨叹“放虎自卫”，这下看清楚了，效忠刘璋实在太愚蠢，如今遇到张飞如此赤心相待，乃决定放弃刘璋。

【原典精华】

飞呵颜曰：『大军既至，何以不降，而敢拒战！』颜曰：『卿等无状[1]，侵夺我州。我州但有断头将军，无降将军也！』飞怒，令左右牵去斫头。颜容止不变，曰：『斫头便斫头，何为怒邪！』飞壮而释之，引为宾客。

——《资治通鉴·汉纪五十九》

①无状：违背道义。

㊆㊆ 刘璋拱手让益州

荆州大军势如破竹，一路进抵成都，与刘备会师，诸葛亮、张飞、赵云都到了。遗憾的是庞统在雒城中流箭身亡，意外的是得到了一员虎将，马超。

马超在关中被曹操击败，与韩遂奔往凉州。曹操班师东返，马超卷土重来，更联络汉中张鲁，取得陇上（陇山之西，今甘肃南部）各郡县，声势浩大。可是，不久之后，杨阜与姜叙反叛，双方决战，最终马超大败，向南投奔张鲁，可是张鲁却不敢信任马超，处处提防。

马超也不敢信任张鲁，逃出汉中，派人送信给刘备，请求归降。刘备暗中交付给他一支军队，马超领着这支军队，抵达成都，在城北扎营，城中以为汉中已经加入刘备，人心为之震动恐怖。

包围成都十日后，刘备命简雍入城游说刘璋。当时成都城中还有精兵三万人，粮秣可支持一年，军民士气高昂，都愿决一死战（刘焉、刘璋父子虽然不是乱世英雄，却爱民如子）。

可是刘璋公开表示:“我们父子在益州二十多年，对人民没有特别恩德，如今已有三年战乱，人民死在原野，尸体滋润了野草，都只为了我刘璋，我的心怎么能安!”于是大开城门，与简雍同乘一车，出城投降，部属与人民莫不感伤流涕。

刘备进入成都，自兼益州牧。当初围城时，他向全军宣布:“城破之日，府库所藏，我完全不取。”意思是分给所有军士。因此，荆州官兵进入成都后，将府库搜刮一空，却使得军队的正常薪饷发不出来，刘备深为忧虑。

西曹掾刘巴建议：制定新钱，一钱当旧钱一百，同时控制物价不得上涨，命官员依官价，用旧钱兑新钱。数月之间，府库充实。

刘巴原本是荆州士人，刘琮献荆州，曹操聘刘巴为文书官，赤壁之战后，刘巴投靠刘璋。刘璋要迎接刘备时，刘巴说:“刘备是一代奸雄，来了一定会害你!”刘备进入益州，刘巴又劝谏刘璋，反对拨军队给刘备，说:“不可把猛虎放回山林!”刘璋都不听，刘巴乃闭门不出。

刘备进城，下令:“有敢伤害刘巴者，夷三族。”然后将刘巴擢升到高位，使得益州士人个个归心。

【原典精华】

璋言：『父子在州二十余年，无恩德以加百姓。百姓攻战三年，肌膏[1]草野者，以璋故也，何心能安！』遂开城，与简雍同舆出降，群下莫不流涕。

——《资治通鉴·汉纪五十九》

①膏：滋润。

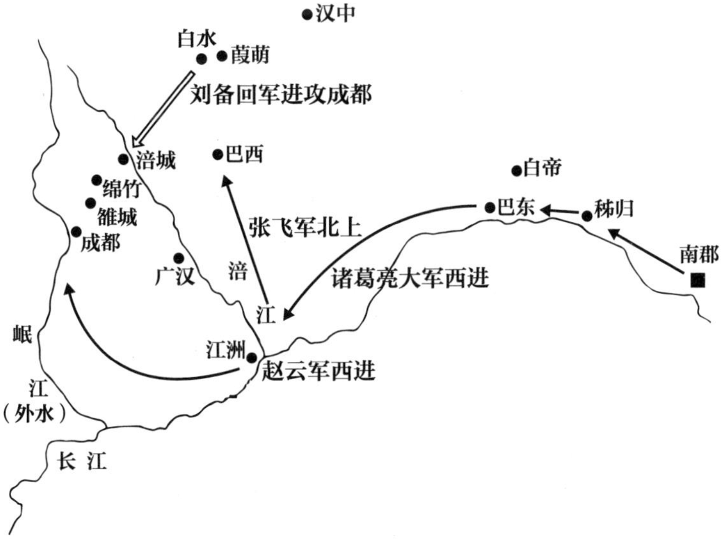
汉中
白水
葭萌
刘备回军进攻成都
涪城
巴西
绵竹
雒城
成都
广汉
白帝
巴东
秭归
南郡
张飞军北上
涪
江
诸葛亮大军西进
江洲
赵云军西进
岷
江
（外水）
长 江

△刘备取益州

㊆㊇ 曹操孙权对峙

前章提到曹操攻打孙权，因此刘备放心倾力攻刘璋，只留关羽守荆州。

在此之前，吕蒙有先见之明向孙权建议：“在濡须口（源出巢湖，向东南注入长江的河口）两岸建立水寨，万一曹操大军猝然压至，来不及上船，可以进入水寨。”孙权采纳，筑“濡须坞”。

水寨才建好，曹操大军就来了，步骑兵号称四十万。孙权亲率七万军队抵抗，僵持一个多月。

曹操看到孙权的船舰、军队严整，武器精良，赞叹不已说：“生儿子就该像孙权这样，刘表的儿子（指刘琮）跟他比，不过猪狗而已。”

孙权写信给曹操：“春天已经到了，江河水位即将高涨，阁下还是早早回去吧！”另外附一张字条：“阁下不死，我不得安心。”

曹操见信，对诸将说：“孙权至少说的是真话。”下令撤军。

曹操班师，想要将长江沿岸郡县老百姓迁往内地，询问扬州别驾蒋济："我从前与袁绍在官渡作战时，迁移燕、白马等地居民，居民都肯配合，因此不受敌人劫掠。如今我想迁移淮南居民，你认为如何？"

蒋济说："那时候情况不同，我军势弱而敌军强大，不迁移，必定落入敌人之手。然而，自从击败袁绍以来，阁下声威震撼天下，人民对政府有信心，且人性安土重迁，因此必定不愿离开家园。我担心，强迫他们迁移，会造成不安。"

曹操执意要迁移居民，人民恐慌，争相走告。结果，淮南地区十余万户人家，都渡过长江，投奔江东，巢湖一带为之空虚，合肥以南，只剩皖城还有居民。

蒋济后来出差到邺都公干，曹操接见他，大笑说："原本是为了避免人民落入敌方之手，想不到反而把他们驱赶到敌人那边去了！"擢升蒋济为丹阳太守。（再次见识到曹操不避讳自己的过失并奖励幕僚大胆谏言的作风。）

【原典精华】

操见其舟船器仗军伍整肃，叹曰：『生子当如孙仲谋，如刘景升儿子，豚犬耳！』权为笺与操，说：『春水方生，公宜速去。』别纸言：『足下不死，孤不得安。』操语诸将曰：『孙权不欺孤。』乃彻[1]军还。

——《资治通鉴·汉纪五十八》

①彻：同“撤”。

㊆㊈ 曹操逼死伏皇后

东汉迁都邺城之后，曹操得到“魏公”的爵位，仍兼丞相、冀州牧，更有十个郡的采邑，称“魏国”。最重要的是，加九锡——这几乎是从前王莽篡汉之前的动作的翻版。

魏国有自己的政府，设尚书、侍中与六卿，任命荀攸为尚书令，事实上朝廷的决策都出自魏公这个小朝廷。汉献帝刘协其实是个聪明人，他晓得四周都是曹操的耳目，曹操随时可以发动“禅让”。于是他以退为进，有一次曹操上殿参见，献帝就对曹操说：“阁下如果愿意辅佐我，那感激不尽；如果不愿意，求你开恩，留我一条生路。”曹操闻言，脸色大变，不停下拜，请求退出。出殿之后，回顾左右，汗流浃背，从此就不再朝见。

曹操将自己的三个女儿都送给汉献帝当“贵人”（后宫一级），同时诛杀当时正怀孕的董贵人，这又是王莽的翻版。伏皇后感觉到，下一个就轮到她了，大为恐惧，写信给父亲伏完，要他发动除曹。可是伏完胆小，想都不敢想，却又不将信件销毁。终于，信件外泄，曹操乃有了口实。

曹操命御史大夫郗虑“持节”（皇帝符节，其实是曹操授给），收缴皇后印信。郗虑是个忠厚长者，曹操怕他临事无断，派华歆为副手，带兵进入皇宫，逮捕伏皇后。伏皇后紧闭房门，躲到夹墙之中。华歆拆屋毁墙，将伏皇后强行拖出。

这时，汉献帝坐在殿外，与郗虑坐着谈话。伏皇后披头散发，光着脚，一面走一面哭，经过殿前，向皇帝哀求：“难道不能留我一命吗？”

汉献帝刘协说：“我自己都不晓得能活到几时啊！”转头问郗虑：“郗公，天下竟有这种事情吗？”郗虑不敢回应。

伏皇后被囚入暴室（宫廷看守所），处死；所生两个皇子都用酒鸩杀。

曹操的女儿曹节乃得以立为皇后。

【原典精华】

后闭户，藏壁中。歆坏户发壁[1]，就牵后出。时帝在外殿，引虑于坐，后被[2]发、徒跣[3]，行泣，过诀[4]曰：『不能复相活邪？』帝曰：『我亦不知命在何时！』顾谓虑曰：『郗公，天下宁有是邪？』

——《资治通鉴·汉纪五十九》

①发：挖开。坏户发壁：拆掉门、挖开墙壁。

②被：同“披”。

③徒跣：赤脚。

④诀：诀别。

㊇㊉ 孙权遣诸葛瑾讨荆州

曹操当上了魏公，但他不能直接篡位，还要经过一个过程是封“魏王”。而魏公要升魏王，得立下新的战功，他的目标指向张鲁。

刘备已经得了益州，跟张鲁关系紧张，一旦曹操取得汉中，肯定更紧张，他正在思索要不要支援张鲁之时，孙权却来讨荆州。早先，周瑜、甘宁都曾建议孙权“取益州”，孙权也向刘备表示，有意先攻刘璋再攻张鲁。但刘备回信，说：“我跟刘璋同属刘姓皇族，刘璋得罪阁下，我同感忧惧。实在不敢按照你的计划攻打刘璋，请宽恕！”

孙权不管（其实眼中没有刘备），派孙瑜率水军前往夏口。刘备的舰队封锁江面，不准孙瑜通过，命关羽驻军江陵，张飞驻军秭归，诸葛亮驻军南郡，自己驻军公安，孙瑜只得撤退。

等刘备攻下了益州，孙权气得破口大骂：“这狡猾的贼子，竟敢如此诈我！”

骂完以后，孙权忍下气，派中司马诸葛瑾去见刘备，说：

“你已经得了益州，荆州可以还来了吧！”（五年前鲁肃建议将荆州借给刘备。）

刘备怎么会将口中肥肉吐出，请诸葛瑾回复孙权：“我正打算攻取凉州，等凉州平定，一定将荆州交还。”

孙权说：“这根本就是不想还！空口白话，企图拖延时日罢了。”

孙权决定来硬的，径自任命长沙、零陵、桂阳三郡（都在长江以南，湘水以东）太守与官员，派他们上任。可是关羽比他更硬，将这些官员全数驱逐。孙权大怒，派吕蒙出兵，夺取三郡。刘备得报，从成都赶往公安，派关羽夺回三郡。孙权则进驻陆口，命鲁肃率一万人进驻益阳。

鲁肃面对关羽，派人邀关羽面对面谈判，双方兵马对峙，相距百步，将领们只随身携带佩刀。这一幕在《三国演义》中是“关云长单刀赴会”，但实情是，鲁肃并不孬种，还辩得关羽哑口无言。

就在这个时候，传来张鲁投降曹操的消息，刘备担心益州情况，乃向孙权提议和解。孙权再派诸葛瑾担任和谈特使，提出双方“中分”荆州，以湘水为界，吕蒙已攻取的三郡归孙权，湘水以西归刘备。

诸葛瑾是诸葛亮的亲哥哥，可是他每次去谈判，都只跟老弟在会议公开场合见面，从不私下会晤。

【原典精华】

及备已得益州，权令中司马诸葛瑾从备求荆州诸郡。备不许，曰：『吾方图凉州，凉州定，乃尽以荆州相与耳。』权曰：『此假[1]而不反，乃欲以虚辞引岁[2]也。』

——《资治通鉴·汉纪五十九》

①假：借，借用。

②引：拖延。引岁：拖延时日。

㈧㈠ 曹操得陇不望蜀

曹操大军讨伐张鲁，进抵阳平关，张鲁的弟弟张卫率领数万人固守关头，沿山筑城，长达十余里。

如此防线令曹操难以下手，各军进攻山上各城，山陡如削，无法攀登。士卒伤亡太重，粮秣接济不上，曹操心情沮丧，打算切断后路，班师而回。楚汉相争时，刘邦进入汉中，烧栈道以阻绝项羽可能的追击。如今曹操自汉中撤军，打算切断“后路”，跟刘邦是同样意思，只是方向不同。

曹操派夏侯惇、许褚传唤山上部队撤退，想不到，一支军队在夜中迷路，竟然闯入张卫军队的一个大营。敌人在黑夜中突然出现，该营刹时惊恐崩溃。

这支“奇兵”立即通知夏侯惇、许褚：“攻陷敌人重要据点，敌军已瓦解。”夏侯惇、许褚不相信会有这种事，亲自前往察看，证实为真后，展开全面攻击，张卫在黑夜掩护下逃走。

张鲁听到阳平关陷落，逃往巴中地区。左右打算纵火焚烧金银财宝与仓库中的粮食。张鲁说：“我原本就有意归顺朝廷，财宝与仓库都是国家所有。”将仓库加上封条后撤退。曹操进入南郑（汉中首府，今陕西汉中市），对张鲁的举动深为嘉许，派人前往慰问。三个多月后，张鲁投降，曹操以朝廷名义封他阆中侯、镇南将军。

丞相主簿司马懿提出建议：“我们攻克汉中，益州人心必然震动，大军趁势进军益州，他们必然瓦解。刘备此刻正在江陵跟孙权争胜，这个时机不可失。”

曹操说：“人，最苦的是不知足。才得到陇地，难道还要看向蜀地吗？”

曹操这番话，是引用东汉光武帝刘秀的话。刘秀当时是诏令关中将领，攻取陇地（隗嚣）之后，顺势南向进攻蜀国（公孙述）。而曹操的意思是见好就收，跟刘秀相反。

曹操第一时间未采纳司马懿的建议。过了七天，蜀地有人前来投奔，说：“成都曾经在一天之内发生数十次惊扰，刘备不在，将领们虽然斩杀民众以镇压，仍无法安定人心。”

曹操问刘晔：“现在再发动攻击，可以吗？”

刘晔说：“时机已失，如今人心应已安定，现在进攻，已经太迟。”

于是曹操班师回邺都，汉中人民有八万余人跟随军队移居中原。（显示蜀地人心尚未向着刘备。）

【原典精华】

操曰：『人苦无足，既得陇，复望蜀邪！』

——《资治通鉴·汉纪五十九》

㊇㊁ 张辽力守合肥

曹操居然“得陇而不望蜀”，实在不符合他的性格。事实上，他之所以迟疑，是对东方有顾虑，也就是孙权可能进攻合肥。

他的顾虑是对的。

先前孙权跟刘备争南郡，曹操乃安心攻张鲁，不必担心东方。而刘备担心曹操“得陇望蜀”，因而迅速与孙权和解，回到成都——曹操失去攻成都的时机，也就是刘晔所说“蜀地已安”，是指刘备主力已回到成都。

孙权呢？西边（鲁肃、吕蒙）跟刘备已和解，于是趁曹操还在西方，亲率大军十万人，包围合肥。

幸亏曹操在西征之前，曾有手令交付合肥护军薛悌，手令封口上写着“敌人来时才拆开”。薛悌乃在孙权大军来时拆开手令，令中：“如果孙权亲至，张辽、李典出战，乐进守城，薛悌不可参与作战。”

薛悌出示曹操手令，可是诸将认为众寡不敌，迟疑不决。

张辽说：“曹公远征在外，如果要等援兵到来，敌军已经攻破我们了。此所以手令要我们采取主动，在敌军尚未集结完成之前展开攻击，挫他们的锐气，就能安定军心，才守得住。”

乐进等人闷不吭声，张辽大怒，说：“成败之机，在此一战。诸君如果胆小怕事，我单独出马！”

诸将之中，李典与张辽素不和睦，闻言慨然说：“这是国家大事，就看大家怎么决定了。我岂可因私人恩怨而妨碍公义？我愿随阁下出击。”

于是，张辽连夜募集敢死队，挑选八百人，杀牛犒赏。天明，张辽披甲上阵，手持铁戟，率先冲锋陷阵，杀数十人，斩二员大将，口中大呼“张辽来也”，直冲孙权大旗。

孙权遭突击，一时惊慌失措，紧急奔上一座高丘，卫士持长戟团团围住保护。

张辽在土丘下叫骂，要孙权下来决战，孙权起先不敢动，后来渐渐看出，张辽兵马不多，才下令聚集军队包围张辽。张辽本人奋勇杀出重围，部众在包围圈中呼喊：“将军要抛弃我们吗？”张辽翻身再杀进去，救出部众。孙权人马都不敢阻挡张辽，士气全失。

张辽得胜回城，城内兵马信心十足。孙权围攻合肥城十余天，无法攻克，只好撤军。

张辽在城上，望见孙权大军正在逍遥津北岸，熙熙攘攘要渡过黄河，亲率步骑兵发动奇袭。

这一波攻击又打得孙权猝不及防。甘宁与吕蒙联手抵御，凌统搀扶孙权脱离险境后，再回军与张辽交战，左右尽死，自己也受重创。

孙权骑着骏马上了河桥，桥的南端已经垮陷，近卫猛烈鞭打马屁股，骏马遂一跃而登南岸，这才完全脱离险境。

你没读到的三国

曹操亲征西方，留下的手令却展现了他的知人善任能力：张辽、李典是勇将，所以要他们主动出击；乐进周密负责，所以用他守城。至于薛悌，名字只有这里出现，想必长于行政后勤，所以由他担任军区司令，但不要他作战。

《三国演义》中，诸葛亮一再使用“锦囊妙计”，精准预料情况发展，有如神仙一般。可是在史书记载中，“锦囊妙计”只有曹操演过这么一次，诸葛亮却没有。

【原典精华】

魏公操之征张鲁也，为教[1]与合肥护军薛悌，署函边曰："贼至，乃发。"及权至，发教，教曰："若孙权至者，张、李将军出战，乐将军守，护军勿得与战。"

——《资治通鉴·汉纪五十九》

①教：预先写好的战术指令。

㊇㊂ 东吴"兄弟治国"

曹操收服汉中张鲁，凯旋邺都，汉献帝下诏，封曹操为魏王。曹操任命钟繇为相国，魏王的朝廷完全比照东汉朝廷，具有完整的功能性。

然后曹操领军南下，攻打孙权。孙权坚守濡须，由蒋钦与吕蒙共同负责军事调度，蒋钦屡次赞扬徐盛。徐盛曾经将蒋钦的一员官属问罪斩首，孙权对此表示诧异，蒋钦说："徐盛忠诚且刚直，有谋略、有胸襟、有领导万人的才能。如今国事如麻，我岂能为了私仇而遮蔽贤才之路？"

曹操久攻不下，与孙权议和后撤军。孙权准备回建业，命周泰留守濡须，统御朱然、徐盛等将领。

周泰出身寒微，将领们私下都瞧他不起。孙权了解这个情况，于是摆下筵席，集合所有将领，在席上要周泰解开衣裳，露出满身伤痕。孙权指着伤痕，逐一询问受伤经过。周泰则一一回溯当时战役情况。

问罢，孙权命周泰穿上衣裳，握住他的手臂，流着泪说："幼平（周泰字），你为了我们兄弟，在战场上作战如熊虎般勇猛，不惜身体、不惜性命，受到数十次创伤。看你全身肌肤都是刀刻剑割的纪录，我怎么忍心不将你视为骨肉至亲？将军事重任托付给你我绝对放心。”然后以自己的军乐队送周泰回营。自此以后，徐盛等将领才都服从周泰指挥。

你没读到的三国

在那个门第至上的时代，出身寒微自然遭到轻视。可是，一旦孙权当众宣布：“周泰是我的兄弟骨肉。”周泰立刻不再是“寒门”，而成了“主子家人”，受人尊敬。

前面（第七十一章）周瑜也说，他跟孙策、孙权兄弟“外托君臣之义，内结骨肉之恩”。事实上，东吴的君臣关系，一直是“兄弟会”——鲁肃与周瑜相互“升堂拜母”，鲁肃又拜见吕蒙的母亲（第七十二章）。

东吴的重要文臣如张昭、吕范、顾雍等，则都没有这种“殊荣”。在那个战争时代，文官虽然位居要津，却不能成为君主的“兄弟”。

【原典精华】

权会诸将，大为酣乐，命泰解衣，权手自指其创痕，问以所起，泰辄记昔战斗处以对。毕，使复服，权把其臂流涕曰：『幼平，卿为孤兄弟，战如熊虎，不惜躯命，被创数十，肤如刻画，孤亦何心不待卿以骨肉之恩，委卿以兵马之重乎！』坐罢，住驾，使泰以兵马道从，鸣鼓角作鼓吹而出，于是盛等乃服。

——《资治通鉴·汉纪六十》

㈧㈣ 贾诩高招定王储

汉献帝再下诏：魏王曹操的冠冕上配挂十二条旒（liú，玉石串成的流苏），座车以金龙文虎装饰（金根车），驾马六匹，仪队设五辆副车。这些都是皇帝特有的排场，曹操距离天子之位愈来愈近，也开始认真思考继承人问题。

曹操元配丁夫人无子，因故触怒曹操，被送回娘家，卞夫人立为正室。卞夫人生四子：曹丕、曹植、曹彰、曹熊。四个儿子当中，曹操最喜欢曹植，曹植多才多艺，学识丰富，且反应机敏。因此有一帮趋炎附势之人开始聚拢在曹植身边，并不时在曹操面前称赞曹植，劝曹操立曹植为嗣子。

曹操以密函征询重要干部的意见，结果多数支持“立嫡长”，这是儒家的一贯原则，包括曹植老婆的伯父（若徇私情，应支持曹植）在内。

另一方面，曹丕向贾诩请教自保之道，贾诩对他说：“盼望将军（曹丕职衔为五官中郎将）培养德性气度，潜心向学，善尽做儿子的义务，那样就行了。”曹丕听进这项建议，深自砥砺。

有一天，曹操屏退左右，询问贾诩意见，贾诩“嘿然不语”（喉咙中发出声音，但不是说话）。

曹操说：“我问你问题，你为什么不回答？”

贾诩说：“我正在想一件事情，所以无法立即回答。”

曹操：“你在想什么？”

贾诩：“我正在想，袁绍和刘表父子的事。”

曹操闻言大笑，不久，立曹丕为魏王太子。

袁绍、刘表都是曹操手下败将。袁绍将长子袁谭外放，立次子袁尚为继承人，后来二子相互攻伐，被曹操分别击败。刘表将长子刘琦外放江夏太守，死后次子刘琮继立，将荆州拱手献出。贾诩的意思很明显，却不直言明讲，属高级的“讽谏”之术。

你没读到的三国

明太祖朱元璋知道，自己的儿子当中，老四朱棣最优秀，却因为坚守“立嫡长”，所以将朱棣外放为燕王。并且在太子朱标早逝之后，立朱标的次子（因长子早夭）朱允炆为“皇太孙”。他死后，朱允炆继立为帝，却被朱棣发动军事政变推翻。

朱元璋当年就是因为三国这段历史，所以避开了袁绍、刘表的“失败之道”，而采取了曹操的“安定之道”，结果却不如他的期待。

【原典精华】

他日，操屏人问诩，诩嘿然不对。操曰：『与卿言，而不答，何也？』诩曰：『属有所思，故不即对耳。』操曰：『何思？』诩曰：『思袁本初、刘景升父子也。』操大笑。

——《资治通鉴．汉纪六十》

⑧⑤ 煮豆燃豆萁

曹植确实与太子之位擦身而过。

他十岁就能诵诗赋、作文章，曹操看到小曹植的文章，问他："你有没有找人代笔？"

曹植下跪告白说："我出口就成议论，下笔就成文章，不相信的话，可以当场考试，我哪需要请人代笔。"

当时刚好铜雀台完工，曹操偕儿子们一同登上铜雀台，教他们各自作赋。曹植提起笔来，迅速完成，文采可观，从此曹操对他另眼看待。

有一次，曹操带兵攻打孙权，交付曹植留守邺都的重任，勉励他说："我当年担任顿丘县令时才二十三岁，现在回想起来，没有做过什么可为之后悔的事情（意思是自己二十三岁时处理事情的能力已经成熟，不犯大错）。你今年也二十三岁了，好自为之啊！"

赋予留守重任，加上这一番话，遂令墙头草们开始向曹植靠拢。可是，墙头草们的鼓吹虽使得曹操好几次想要立曹植为太子，但也因而以更严格的标准考验曹植。偏偏曹植才气高，却任性而行，不拘小节，又酷嗜杯中物。

曹植的车子在邺都奔驰，一向不顾外界批评。可是，有一次他的车子上了驰道，并且叫开司马门出城，那可是皇帝外出才能走的路，曹操自己也只有随汉献帝出宫时，才会上驰道、开司马门。这次，曹操发了脾气，下令处死公车令（掌管皇宫警卫），从此对曹植开始不放心。

后来，曹仁领军攻襄阳，被关羽包围，曹操任命曹植为征虏将军，想要派他带兵前去救援。差人去召唤曹植，想要命授机宜。孰料，曹植刚好酒醉，无法受命。于是曹操收回成命，曹植也失去了老爹的信任。

前章曹操接受贾诩的讽谏，立曹丕为太子。曹操个性多疑而行事缜密，既然立了曹丕，就要为曹丕铲除障碍。曹丕的障碍就是曹植，曹操当然不可能杀曹植，于是他下手铲除了曹植的第一智囊——杨修。

【原典精华】

太祖尝视其文，谓植曰：『汝倩[1]人邪？』植跪曰：『言出为论，下笔成章，顾当面试，奈何倩人？』

——《三国志·魏书十九》

①倩：通“请”。

㊇㊅ 杨修死于小聪明

杨修是名门子弟，高祖父杨震有“关西孔子”之美誉，四代都位列三公。杨修是第五代，而他的聪明才智甚至超过他的父祖——问题就出在他“太聪明”了。

曹操初任丞相，兴建府邸大门，修到屋椽时，曹操到工地视察，然后教人在门上写了一个“活”字，便离开了。大家都不晓得曹操的意思，直到杨修来看见了那个“活”字，就叫人将大门拆掉。说：“门中有个活字，就是‘阔’，丞相嫌门太阔了，改窄一点。”

又一次，有人送了一杯酪给曹操，曹操尝了一些，然后在盖子上写了个“合”字，传给幕僚们看。大家都不懂，传到杨修时，他打开盖子，吃了一口，然后说：“‘合’字拆开就是‘人一口’，吃吧，没问题的。”

曹操怕人暗杀他，常说：“我睡觉时不要随便靠近，小心我做梦时会杀人，杀了人自己却不知道。”有一次，一位近侍在他睡午觉时，想要帮他盖被子，却被曹操跳起来一刀杀了。曹操醒来后，假装大惊失色，左右都嗟叹不已。只有杨修冷冷地对那具尸体说:“丞相不是在梦中,你才是在梦中啊!”

杨修每次都猜中(甚至戳穿)曹操心思,但曹操并不是因为忌才而杀他,而是为了结束曹丕与曹植的斗争。

杨修加入拥护曹植的阵营,并迅速成为曹植争太子的“家教”——他揣摩曹操的心意,模拟各种状况,预先写好问题的答案,交给曹植。结果,曹操的命令才下达,曹植的处理方案很快就放在案上。曹操是个多疑性格,他派人调查,发现真相。于是在曹丕被立为太子之后,曹操认为杨修将成为一大隐患,决心将他除去。

终于给曹操逮到机会:夏侯渊镇守汉中,被刘备攻打,阵亡。曹操亲自领军往征,与蜀军对峙不下,进退不得,心中犹豫不决。一天吃饭的时候,曹操喝着鸡汤,口中叨念“鸡肋”,左右都不知是何意。又只有杨修解读了曹操的心理活动:鸡肋此物,扔掉吧,又觉得它有味道,但真想吃它,上面又没有多少肉。汉中对曹操来说就像鸡肋一样,打下去浪费力气,退兵又不甘心。杨修由此猜测曹操准备退兵,并将此猜测告诉他人,士兵开始整装准备回家。曹操于是找到借口,以扰乱军心的罪名杀了杨修。

杨修就这样被杀了。至于曹丕,他也有一位智囊——吴质。

【原典精华】

适庖官进鸡汤，操见碗中有鸡肋，因而有感于怀。正沉吟间，夏侯惇入帐，禀请夜间口号。操随口曰：『鸡肋！鸡肋！』惇传令众官，都称『鸡肋』。行军主簿杨修见传『鸡肋』二字，便教随行军士，各收拾行装，准备归程。……修曰：『……鸡肋者，食之无肉，弃之有味。今进不能胜，退恐人笑，在此无益，不如早归，来日魏王必班师矣。』……操大怒曰：『汝怎敢造言，乱我军心！』喝刀斧手推出斩之。

——《三国演义·第七十二回》

㊇㊆ 藏在牛车里的高级智囊

吴质本以文学见长，可是因种种原因，不能进入“建安七子”之列，而建安七子又都是曹植的好朋友，于是他靠向曹丕，而成为重要智囊。

有一次，曹操率大军出征，曹丕与曹植一同送行。曹植当场作赋称颂，出口成章，左右为之侧目，曹操龙心大悦。转头看，却只见曹丕“怅然自失，独流涕”，见父王望向自己，“泣而拜，左右皆歔欷”——这一招，就是吴质教的。

杨修等运作立曹植为太子最用力的时候，曹丕十分忧惧，想跟吴质商量。可是吴质当时的官职是朝歌县长，外官未得批准或奉召，是不能擅自入京的。曹丕想出一招，将吴质藏到装绸缎的大竹筐里，用牛车载进自己的府邸，两人密商对策。

杨修得到消息，就向曹操打小报告。曹操尚未着手调查，曹丕已得到消息，紧急通知吴质。吴质说：“不用担心。”

隔天，又有装载绸缎的牛车低调进入曹丕府邸。杨修立即报告曹操，曹操下令搜索，却搜不到人，自此曹操开始怀疑杨修。

《三国演义》只写杨修聪明绝顶，暗示曹操是忌才而杀杨修。但事实上不是。曹操连祢衡都不杀，却杀了杨修，当然不是因为忌才，而是为了排除自己身后的权力斗争因素。

杨修的确聪明过人，可是弱点也在锋芒太露，他跟曹植的作风完全相合，却刚好被曹丕与吴质的阴柔路线“克”到。

由前述故事可以看到，曹丕其实布置得很周密，才能在第一时间获悉杨修打小报告——杨修是魏王府行军主簿，他向魏王报告，消息却外泄，可见曹丕在魏王身边布置了眼线。

这件事如果被曹操察觉，曹丕不但太子之位肯定被废，搞不好还会被赐死，但曹操始终未曾察觉。单凭这一点，曹丕就比曹植适合“搞政治”。曹操选择曹丕为继承人，显然是正确的决定。

【原典精华】

（曹丕）以车载废簏[1]内[2]朝歌长吴质，与之谋。修以白魏王操，操未及推验[3]。丕惧，告质，质曰：『无害也。』明日，复以簏载绢以入，修复白之，推验，无人。操由是疑焉。

——《资治通鉴·汉纪六十》

①簏：lù，竹子编成的高筐。

②内：同“纳”。

③推验：检查。

㊇㊇ 关羽水淹七军

曹操被封为魏王，刘备输人不输阵，随即自称汉中王。这里必须交待一下：曹操之前收服了张鲁，得到汉中，可是当他转向东方攻击孙权，刘备就出兵攻下了汉中。曹操处理完家务事（立太子）之后，亲自带兵攻打汉中，不能取胜，刘备乃完全占有汉中。

刘备自称汉中王，而不称蜀王，当然是着眼于抢占正统：汉高祖刘邦以汉中起家，刘备现在也称汉中王，只等曹操篡位，刘备就可以接收“汉室正统”。

然后，关羽展开北伐。

这是诸葛亮“隆中对”的原始设计：据有荆州、益州之后，跟孙权结成同盟，再派出大将直指宛、洛，主力则攻取关中，向曹操展开钳形攻势。

关羽目标指向曹仁据守的樊城，曹仁命于禁、庞德驻防城北。时值八月雨季，汉水决口泛滥，平地水深数丈，于禁率所部将领登上高岗避洪水。关羽乘大船猛攻，于禁等走投无路，投降，七军覆没。

庞德孤军坚守河堤，主将披甲持弓站在第一线，箭无虚发。从清晨战到过午，两军箭都射尽，展开肉搏，庞德愈战愈怒，气势愈壮。可是却敌不过大水继续高涨，军士文吏全都投降，庞德只能一个人跳上小艇，打算投奔曹仁大营。却因水流激荡，小艇翻覆，庞德手抱覆船，被关羽生擒。

庞德被抓到关羽面前，挺立不跪。

关羽对他说："你的堂哥（庞柔）在汉中，我有意用你为将军，你不早点投降，还在等什么?"

庞德破口大骂："小子，什么叫投降? 魏王有百万带甲战士，威震天下，你们家刘备只是个庸才，哪里是对手！我宁为国家（东汉朝廷）之鬼，不当贼将!"关羽被他骂恼火了，下令杀了庞德。

魏王曹操接获报告，说："于禁与我相识三十年，想不到，面对危难，还不如庞德!"庞德原本在张鲁手下，才归顺曹操不久，因此曹操会如此嗟叹。

【原典精华】

羽谓曰：『卿兄在汉中，我欲以卿为将，不早降何为？』德骂羽曰：『竖子，何谓降也！魏王带甲百万，威振天下，汝刘备庸才耳，岂能敌邪！我宁为国家鬼，不为贼将也！』羽杀之。

——《资治通鉴·汉纪六十》

㊇㊈ 陆逊扮猪吃老虎

关羽降于禁、斩庞德，威胁到中原，曹操甚至考虑将大本营自许昌北迁邺城。司马懿和蒋济建议：“派人游说孙权，抄关羽的后路，答应将长江以南都割给他，则樊城的包围自然解除。”曹操采纳。

在此之前，孙权曾经向关羽提亲，自己的儿子娶关羽的女儿，孰料关羽将孙权的使者骂了回去。《三国演义》中，关羽说了一句“虎女不嫁犬子”，粗鲁无礼且态度骄横，孙权当然怒不可遏。于是在曹操派使者来，提出前述条件，孙权乃将吕蒙召回建业密商大计。

吕蒙宣称“病重，回京就医”，经过芜湖时，定威校尉陆逊对吕蒙说：“你远离防区，难道不担心关羽？”

吕蒙说：“你说得是，但我的病真的很重。”

陆逊说：“关羽自负其骁勇，气势凌人。他才刚刚取得大胜，想必更加骄傲，也更加轻忽。他一心北伐，完全不将我们放在眼里，听说你病重回京就医，肯定更不防备。趁这个时候发动突袭，一定可以制服他。你回京见到至尊（至尊指孙权，曹操封魏王，汉备自称汉中王，孙权尚未称王，但不宜再称“吴侯”，否则矮了半截），请妥善计议。”

吕蒙称病回京，原本就是欺敌之计。如今陆逊的说法，竟然与他的想法完全一致。吕蒙不知道陆逊是已经看破却佯装不知，还是英雄所见略同。但在与孙权计议之前，只能继续装病，说：“关羽一向英勇，如今建立大功，声势更壮，不容易对付，切莫轻举妄动。”

回到建业，孙权与吕蒙商定，要突袭关羽，由吕蒙担任总司令。可是这欺敌之计必须继续，吕蒙不能回到防区。

孙权问吕蒙：“谁可以接替你的位置?”

吕蒙答：“陆逊思虑深远，有能力担当重任。同时他知名度尚低，不会引起关羽的猜忌，是最恰当的人选。”

孙权于是召见陆逊，任命他接替吕蒙，镇守陆口。陆逊到任，写信给关羽，大加颂扬关羽的功业，措辞谦卑，还暗示向关羽效忠。

关羽见信大乐，抽调军队，向北增援樊城。

【原典精华】

蒙曰：『诚如来言，然我病笃。』逊曰：『羽矜其骁气，陵轹[1]于人。始[2]有大功，意骄志逸，但务北进，未嫌于我，有相闻病，必益无备。今出其不意，自可禽[3]制。下见至尊，宜好为计。』

——《资治通鉴·汉纪六十》

①轹：lì，车轮碾压。陵轹：欺压。

②始：刚刚。

③禽：同“擒”。

㊈㊉ 曹操锐气消

曹操自赤壁撤退时，留曹仁守襄、樊，同时命徐晃驻屯宛城，作为二线支援部队。于禁兵团瓦解，襄阳陷落，曹仁困守樊城。徐晃乃推进到阳陵陂，并以战术吓走关羽派驻偃城的部将。可是他自度力量不足以解樊城之围，因此按兵不动，跟城内只以射箭传书联络，支撑守军士气。

曹操亲自统率大军，南下救援曹仁。幕僚一致认为："大王若不立即行动，恐怕曹仁撑不住。"

只有侍中桓阶提出异议，说："大王认为，曹仁等人能不能处理当前情况？"

曹操说："能。"

桓阶："大王担心曹仁与徐晃不尽全力吗？"

曹操："不是。"

桓阶："那么，为什么还要亲自出马呢？"

曹操说："我担心敌军势众，徐晃等力量不够。"

桓阶说："曹仁等身处重围之中，之所以能够死守而无二心，就是因为大王在外声援。他们居于必死的险地，一定会激发拼死求生的意志。大王控有强大军队而不亲征，正显示我军仍有强大余力，何必自己去呢?”

曹操认为他的分析有理，遂驻军摩陂（在今河南郏县东南），先后派出十二梯次部队，增援徐晃。

十二波援军投入，徐晃乃采取主动出击，关羽数败，步骑兵解围撤退。但水军仍居优势，樊城与襄阳间交通仍被切断。

你没读到的三国

桓阶的分析，非常诡异，曹操居然接受，更令人费解。唯一解释是，曹操对战争已经厌倦，甚至畏惧。事实上，攻取汉中之后，曹操说出“得陇不可望蜀”，就已经显示这种心态。

可能是年纪大了，锐气不再；可能是身体状况不佳，才会有此表现。两个月后，曹操就“薨”了。（古时天子死称“崩”，诸侯死称“薨”。后来皇帝死称“崩”，王侯死称“薨”。）

【原典精华】

群下皆谓：『王不亟行，今败矣。』侍中桓阶独曰：『大王以仁等为足以料事势不也[1]？』曰：『能。』『大王恐二人遗力[2]邪？』曰：『不然。』『然则何为自往？』曰：『吾恐虏众多，而徐晃等势不便耳。』阶曰：『今仁等处重围之中，而守死无贰者，诚以大王远为之势也。夫居万死之地，必有死争之心。内怀死争，外有强救，大王按六军以示余力，何忧于败而欲自往？』

——《资治通鉴·汉纪六十》

①不：同“否”。

②遗力：保留力量、不尽力。

㊈㊀ 关羽兵败

关羽在襄樊失利，同时间，东吴吕蒙的兵马已经过了长江。

吕蒙假装生病，由陆逊接替陆口防务，自己却率领精兵，突击江陵。他将甲士埋伏在船舱内，由平民水手摇橹划桨，船面上的官兵都扮成商人（白衣渡江）。由长江逆流而上，沿途遇到关羽设置的岗哨，一律擒拿，是以军情并未报回江陵。

留守江陵的是南郡太守麋芳（刘备的小舅子），留守公安的是将军傅士仁，这两人负责关羽北伐的后勤补给。有几次不能及时到达，关羽就放话："等我回荆州，当用军法制裁。"二人大为恐惧。

吕蒙的部下虞翻跟傅士仁有交情，写信给傅士仁，傅士仁接信后，即刻投降。吕蒙军队到达南郡，傅士仁在城下对麋芳喊话，麋芳开城投降。

吕蒙进入江陵，下令"不准侵犯民宅，不准取一针一线"。一个吕蒙的汝南同乡，取了民家一顶斗笠，盖在铠甲之上。虽然是为了保护公物不受雨淋，吕蒙仍然流着泪，将他处斩。军中为之战栗，社会秩序井然，路不拾遗。

关羽得知南郡陷落，立即回军南下。同时不断派出使节，责备吕蒙背弃双方合作约定。吕蒙对关羽派来的使节，特别厚待，让他走遍江陵全城。于是家家户户都向使节报平安，有些还托带信件。一个又一个使节带回的都是“家属安全”讯息，于是兵无斗志，军心浮动。

关羽发现大势已去，向西撤退到麦城，孙权派人向他招降，关羽假装答应，在城头遍插旌旗，树立草人，然后逃走。

这个动作却击溃了全军士气，大军刹时瓦解，关羽左右只剩十余骑兵追随，最后被孙权的将领潘璋生擒，连同儿子关平一道被斩首。

你没读到的三国

关羽是所有中国人心目中的三国第一名将，可是他这最后一战却荒腔走板。

首先是他对待傅士仁与糜芳的态度，这两人对他的重要性，其实超过其他将领。当时两军作战看主将，若主将本身神勇，只要部队肚子饱、身上暖，永远可以打胜仗。可是关羽却摆威风，令两位后勤司令因心生畏惧而叛变，以致后方失守。

回军援救大本营，在他之前的历史借鉴，是刘邦攻下彭城，项羽自齐国回军救援。那一仗，项羽只带了三万人，急速行军，击溃刘邦数十万大军。关羽也应采取同样战术，以他的英勇，很难说吕蒙能否抵挡得住。却给了对方施展政治作战的时间与空间，卒致溃不成军。

这些都还是战术上的失误。关羽最大的错误是战略性的——破坏了“隆中对”所设计的联合孙权以对抗曹操。

在此之前，孙权和刘备很有默契：曹操在东，刘备就在西边行动；曹操向西，孙权就在东方展开攻击；因而让曹操忙于两面作战，维持了鼎足之势。

关羽激怒孙权，已经破坏了合作的氛围，但只要他能够守住荆州，孙权大概也只好忍气吞声。如今他兵败身死事小，孙权得了荆州，反而使三国鼎立势均力敌的平衡被破坏，且孙刘联合制曹的默契也被破坏，三足折了一足，“鼎”就难以维持平衡了。

【原典精华】

（吕蒙）约令军中：『不得干历[1]人家[2]，有所求取。』蒙麾下士，与蒙同郡人，取民家一笠以覆官铠；官铠虽公，蒙犹以为犯军令，不可以乡里故而废法，遂垂涕斩之。于是军中震栗，道不拾遗。

——《资治通鉴·汉纪六十》

①干历：干扰。

②人家：民宅。

㊈㊁ 曹彰奔丧

孙权偷袭荆州，杀了关羽，担心曹操趁机在东方动手，因此上书曹操，自称“臣”，并且强调说“此乃天命”——暗示拥戴曹操篡位称帝。

曹操将孙权的上书公开，说：“这小子想让我坐上火炉呀!”曹操这句话和公开书信的动作是什么意思？群臣相互观望，内心各有猜测。

以侍中陈群为首的马屁集团做出最安全的反应：“汉祚已终，并非始自今日。殿下功德伟大，是全民仰望的领袖。孙权称臣正是天人感应的明证。殿下应正式登上大位，还有什么好疑虑的!”

曹操说：“如果天命真的在我身上，我愿当周文王。”

周文王得到天下三分之二诸侯归心，但一直没有采取行动。他死后，儿子周武王才兴兵伐纣，建立周朝。曹操这是表明他不会篡位，有可能他最清楚自己的身体状况。因为，他在说完这话的隔年正月就去世了。

驻军长安的鄢陵侯曹彰回京奔丧，才下马，劈头就问：

“先王的印信在哪里?”

贾逵正色对曹彰说:“国家有继承人制度,先王的印信,不是侯爷您应该问的。”

曹彰是曹操诸子中最勇猛善战的一个。曹操曾经要曹彰多读书,曹彰对左右说:“大丈夫生在世间,就应像卫青、霍去病那样,领十万骑兵驰骋于沙漠,驱逐戎狄,建立功业。读那么多书当个博士有啥用?”

事实上,他也确实领军“驱逐戎狄”:北征乌桓、降服鲜卑。曹操召见他,当面慰勉,他将功劳归于诸将,曹操对此大为高兴。曹彰的胡须色黄,曹操摸着曹彰的胡须说:“黄须儿表现不俗喔!”

【原典精华】

操以权书示外曰：『是儿欲踞吾着炉火上邪！』侍中陈群等皆曰：『……此天人之应，异气齐声，殿下宜正大位，复何疑哉！』操曰：『若天命在吾，吾为周文王矣。』

——《资治通鉴·汉纪六十》

㊈㊂ 张飞遇刺

曹丕继承魏王，第一件事就是把曹植贬为安乡侯，曹植的党羽丁仪兄弟被灭族。然后就发动“禅让”，汉献帝刘协识相地“下诏”逊位，并派人“持节”将玉玺送给曹丕。曹丕还演出三次“辞让”，最后才在刘协“坚持”之下，登上高台，接受玉玺，成为皇帝，国号为“魏”（史称曹魏），东汉王朝这才正式结束。

刘协被封为山阳公，在自己的封邑内，仍然用汉朝历法，仪礼与音乐都和皇帝一样。刘协因为识相，才能一直活命到这时候，可是蜀中却“盛传”（想必有马屁集团鼓吹）汉献帝已经被杀。于是汉中王刘备为献帝发丧，追尊他为“孝愍皇帝”，马屁集团更争相上表“祥瑞出现”，恭请刘备继位汉帝。唯一提出劝阻的费诗，被刘备贬去永昌（云南西部的万山之中）。

刘备于是“顺天应人”即皇帝位，国号“汉”（之前自称汉中王即已预留伏笔），史称蜀汉。现在只剩孙权尚未称帝了。

刘备即帝位之后，就准备攻击孙权，为关羽报仇。赵云强烈反对，说："国贼是曹操，不是孙权。如果先灭曹魏，孙权自然归附。不该先跟孙权交战。"其他文武官员也多提出劝阻，刘备都不听。有一位士人（无官职）秦宓上书："天时不当，出师必然不利。"被逮捕下狱，后来放出，但自此再没人反对了。

张飞是最赞同为关羽报仇的一位，他率领一万人前往江州（今重庆市）与刘备会师。开拔前夕，却被部将张达、范强刺杀，带着人头，投奔孙权。

张飞与关羽齐名。关羽对部属很照顾，但对士大夫非常骄傲；张飞恰恰相反，礼敬士大夫，却不体恤士卒。刘备经常告诫张飞："你用军法太严苛，杀人过当。动不动就鞭打壮士，却仍然让他们待在左右，那可是招致灾祸的做法啊！"因此，当听说张飞部队的都督有表章上奏时，刘备惊呼："天哪！张飞死了！"

刘备大军东进，孙权派人求和，诸葛瑾也写信晓以大义，可是刘备不理。

孙权一面派出将领驻防重要据点，一面派人前往洛阳，向曹丕称臣。魏文帝曹丕封孙权为吴王。

【原典精华】

汉主常戒飞曰：『卿刑杀既过差，又日鞭挝[1]健儿而令在左右，此取祸之道也。』……汉主闻飞营都督有表，曰：『噫，飞死矣！』

——《资治通鉴·魏纪一》

①挝：zhuā，打。

㊈㊃ 曹丕羞辱于禁

孙权向曹丕称臣时，为了示好，将于禁送回魏国。

于禁是曹操的“老干部”，从兖州开始，就追随曹操，破黄巾、讨吕布、降张绣、败袁绍，堪称无役不与。只要是曹操领军出征，于禁不是担任先锋，就是担任后卫；更由于他严肃军纪，自己不贪财物，也不准军士掳掠，所以得到赏赐特多，但也因此“不得士众心”。

前面说到，樊城之战，曹操派他支援曹仁。关羽水淹七军，于禁与诸将“登高望水”（就是为了逃避大水，仓促间上了高丘），被关羽的水军包围，于禁投降，只有庞德不屈而死，于禁乃成为吴国的俘虏。

及至关羽兵败被杀，孙权为了维持跟曹魏的关系，刻意拉拢于禁。有一次，孙权跟于禁骑马并行，骑都尉虞翻看了不顺眼，呵斥于禁：“你是什么东西！一个俘虏岂能跟我们主子并肩骑马？”扬起马鞭要打于禁，被孙权喝止。

于禁承受长时间的屈辱和压力，被送回魏国时，须发皆白，形容憔悴，晋见曹丕时，流泪叩首。曹丕引用《左传》

荀林父、孟明视的故事安慰他。荀林父是晋国主将，在晋楚邲之战大败，晋景公仍重用他；孟明视是秦国将领，在晋秦崤之战被晋军俘虏，逃回秦国，秦穆王仍重用他。

曹丕任命于禁为安远将军，教他前往邺城祭拜高陵（曹操墓园）。于禁到了高陵，在陵园屋舍中，却看见墙上画了“关羽获胜”“庞德愤怒”“于禁降服”等图画，既惭愧又羞恨，发病而死。当然，那是曹丕事先命人画上去的。

这个故事显露了曹丕性格的一角：面对一个父执辈的降将，他不好意思杀，又不甘心让对方安享晚年。在陵园内画图，只是想羞辱于禁一番，孰料却逼死了于禁。

【原典精华】

于禁须发皓白，形容憔悴，见帝，泣涕顿首。帝慰谕以荀林父、孟明视故事，拜安远将军，令北诣邺谒高陵。帝使豫[1]于陵屋画关羽战克、庞德愤怒、禁降服之状。禁见，惭恚[2]发病死。

——《资治通鉴·魏纪一》

①豫：同“预”。

②恚：huì，怨恨，愤怒。

㊈㊄ 孙权身段柔软

孙权上表称臣，曹魏帝国的册封大臣邢贞抵达吴国。吴国群臣不愿接受“吴王”封号，认为应该用“上将军”“九州伯”。这些头衔虽非“皇帝”，却都是古时候天子的职权头衔。孙权劝服他们说：“从前刘邦也曾接受项羽给的封号当汉王。行事要勇于面对现实，接受一个虚名对我有什么损失？”决意接受。

吴王孙权再派中大夫赵咨前往洛阳报聘。

曹丕接见赵咨，问：“吴王是怎样的君主？”

赵咨回答：“聪明、仁慈，有智慧且有谋略。”

曹丕要他举出实例。赵咨说：“从平庸之众中拔擢鲁肃、吕蒙，是聪明；俘虏于禁而不诛杀，是仁慈；收复荆州兵不血刃，是智慧；据守三州（荆州、扬州、交州），虎视天下，仍能屈身陛下，是谋略。”

曹丕：“吴王读书吗？”

赵咨：“吴王拥有战船万艘，战士百万，志在四方，稍有闲暇，则博览群书。但他读书跟一般人不同，不是钻研章句，而是从历史典籍中吸收深意。”

曹丕：“吴国可以征服吗？”

赵咨：“面对大国有讨伐大军，面对小国有抵御准备。”

曹丕：“吴国会对我造成威胁吗？”

赵咨：“百万雄师加上长江、汉水屏障，若要发动攻击，并不困难。”

曹丕：“吴国像你这样的人才有多少？”

赵咨：“超级高明的有八九十位，跟我同等的，车载斗量，无法胜数。”

曹丕再派人向吴国要求进贡雀头香、大贝、明珠、象牙、犀角、玳瑁、孔雀、翡翠、斗鸡、长鸣鸡等。吴国群臣大为不满，认为超过对东汉朝廷的进贡标准范围，主张不给。孙权说：“我们正在跟蜀汉对峙，全靠与曹魏保持和平，才能专心西边。他们所要求的，在我看来，不过一堆瓦石而已，我岂能吝惜这些？”照单贡献。

【原典精华】

吴主遣中大夫南阳赵咨入谢。帝问曰：『吴主何等主也？』对曰：『聪明、仁智、雄略之主也。』帝问其状，对曰：『纳鲁肃于凡品，是其聪也；拔吕蒙于行阵，是其明也；获于禁而不害，是其仁也；取荆州兵不血刃，是其智也；据三州虎视于天下，是其雄也；屈身于陛下，是其略也。』

……

帝曰：『吴可征否？』

对曰：『大国有征伐之兵，小国有备御之固。』

……

帝曰：『吴如大夫者几人？』

对曰：『聪明特达者，八九十人；如臣之比，车载斗量，不可胜数。』

——《资治通鉴·魏纪一》

㊈㊅ 夷陵之战

孙权向曹丕宣示效忠并非真心，其实是为了专心对付西方的刘备。

刘备大军完成整备，沿长江南岸，翻山越岭，抵达猇（xiāo）亭（今湖北宜昌市内），连营七百里一直到夷陵。

吴军主帅陆逊捺住性子，否决所有将领的出战要求。两军相持不战半年多，陆逊才下令出战。将领们之前以为陆逊胆怯，这下子抗议声四起："一开始不发动攻击，让敌人深入五六百里，僵持七八个月，要害之地都已加强守备，这时候才要攻击，有何优势？"

陆逊说："敌人刚来之时，士气高昂，如今人马疲惫，正是掎角的时机了。"先行试攻汉军一个营垒，不利，诸将说："白白送死而已。"但陆逊说："我已经有了破敌之计。"

陆逊命士卒每人带一束茅草，顺风纵火，乘火势蔓延，一路追杀，连破四十余营，汉军将领死的死、降的降。

刘备被火势逼上马鞍山，吴军从四面攻击，汉军抵挡不住，土崩瓦解，数万人战死。刘备乘夜逃遁，幸赖驿站官员将弃置的铠甲堆置在石门隘口焚烧以断后，刘备才得逃入白帝城。汉军的舟船、器械、水陆军用物资，一时损失殆尽，尸体浮满江面，顺流而下。刘备愧恨交加，说：“我竟然败给陆逊，岂非天意！”

在此之前，吴军安东中郎将孙桓担任侧翼任务，陷入汉军包围，向陆逊求救。陆逊说：“暂时还不可以去救。”诸将说：“孙桓是主公族人（孙权的族侄），陷入围困，岂可不救？”陆逊说：“孙桓深得军心，且城垣牢固、粮食充足，不必担忧。等到我的战术奏效，不必我们去救，自然解围。”

等到胜负已定，包围孙桓的汉军果然溃退回奔。孙桓来见陆逊，说：“之前真是恨你不肯来救，等见到事情大定，才明白你的调度自有方略。”

陆逊年纪轻轻担任大都督，手下有孙策时期的老将，也有孙家亲族，个个后台都硬。陆逊手按剑柄，晓以大义，软硬兼施，才让他们听令。等到击败刘备，将领们才心服口服。

夷陵之战是三国三大决定性战役之一：官渡之战曹操统一北方，赤壁之战确定三国鼎立，夷陵之战则宣告了鼎足局势破裂。

【原典精华】

（孙桓）为汉所围，求救于陆逊，逊曰：『未可。』诸将曰：『孙安东，公族，见围已困，奈何不救？』逊曰：『安东得士众心，城牢粮足，无可忧也。待吾计展，欲不救安东，安东自解。』及方略大施，汉果奔溃。桓后见逊曰：『前实怨不见救；定至今日，乃知调度自有方耳！』

——《资治通鉴·魏纪一》

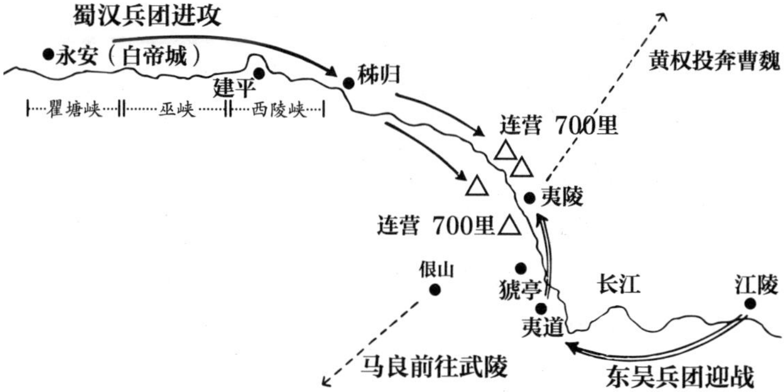
蜀汉兵团进攻
永安（白帝城）
建平
秭归
瞿塘峡
巫峡
西陵峡
黄权投奔曹魏
连营 700里
夷陵
连营 700里
佷山
猇亭
夷道
长江
江陵
马良前往武陵
东吴兵团迎战

△夷陵之战

㊈㊆ 白帝城托孤

刘备兵败，留守成都的诸葛亮叹息说："法正如果还活着，一定有办法阻止主上东征。即令东征，也不会遭受重挫。"法正原本是刘璋部下，后来成为蜀汉政府中"益州帮"的领袖，与诸葛亮性格虽不同，但互相推崇，配合良好。

刘备在白帝城，心情沮丧，病重。将诸葛亮召到白帝城，对他说："你的才能十倍于曹丕，必能安邦定国，完成大业。如果我的儿子还可以辅佐，就请你辅佐他；如果他不成材，你就取而代之好了！"

诸葛亮流着泪，泣不成声，说："我怎敢不竭尽全力，效忠国家，忠贞不二，直到我死为止！"

刘备遗命诸葛亮为主，李严为副，辅佐太子刘禅，也就是刘阿斗。同时以诏书敕示阿斗："人活到五十岁，就不算夭寿了。我今年六十有余，还有什么遗憾呢？只是对你们兄弟仍有牵挂而已。你要自我勉励啊！勿以恶小而为之，勿以善小而不为，只有贤能与品德可以让人敬服。你的父亲德行太薄，不值得你效法。你跟着丞相（诸葛亮）学习，待他要像对待父亲一样恭敬。”

诸葛亮将刘备的棺柩运回成都，安排太子刘禅登极。诸葛亮以丞相兼益州牧，国事无分巨细，全部交由诸葛亮裁决。

尚书邓芝向诸葛亮建议，跟孙权恢复邦交。诸葛亮说：“我已经考虑这件事很久，只不过没发现适当人选。今天，这个人出现了。”任命邓芝为中郎将，前往东吴报聘。

邓芝到达吴国，可是孙权还没下定决心跟曹魏完全断绝关系，因此迟迟不接见邓芝。

邓芝直接上书孙权：“我今天来此，也是为了吴国的利益，不仅仅是为了蜀汉而已。”

孙权见信，乃跟邓芝见面，说：“我有诚意跟贵国重修旧好，只怕你们皇帝幼弱、国土太小，抵挡不住曹魏。”

邓芝说：“大王是当世英雄，诸葛亮也是一代豪杰。贵我两国如唇齿相依，进可以吞并天下，退可以鼎足三分。大王如果依附曹魏，他们会要求大王去洛阳朝见，或要求太子入侍（当人质），如果拒绝，曹丕更可以理直气壮出兵‘讨伐叛逆’，那时候大王将如何回应？”

这番话说中了孙权的心事，于是决心跟蜀汉联合。

【原典精华】

汉主谓亮曰：『君才十倍曹丕，必能安国，终定大事。若嗣子可辅，辅之；如其不才，君可自取。』亮涕泣曰：『臣敢不竭股肱[1]之力，效忠贞之节，继之以死。』

——《资治通鉴·魏纪二》

①股肱：大腿和胳膊。股肱之力：自己的所有力量。形容做事已竭尽全力。

㊈㊇ 联吴制魏

孙权决定跟蜀汉联合，是一项明智的战略判断——曹丕见刘备兵败，趁机攻击孙权。以两路大军开辟东西两个战场：大将军曹仁率步骑数万人攻击濡须，自己亲征荆州（实际总指挥是曹真）。赤壁大战后，曹魏只踞有原荆州八郡之一的南阳郡，还差点被关羽攻下。孙权向曹丕称臣以缓和东线，曹丕则将荆州（南阳郡）改称郢州，这下又改回荆州。

孙权既然与曹丕决裂，遂改号为“黄武”，这是不奉曹魏帝国的“正朔”，等于宣布独立。

曹魏的两路攻势都被东吴化解。孙权派张温前往蜀汉报聘，此后两国之间信件与使节络绎不绝，吴蜀联合的实际执行者则是诸葛亮与陆逊。

孙权刻了一颗印信放在陆逊那里，所有信差经过荆州时，都给陆逊过目，等于授权陆逊自行酌情修改。陆逊修改信件后重新缮写，加盖孙权的吴王印信后直接封发。有些不必用国书往来的事情，孙权都交代陆逊直接与诸葛亮联络——吴、蜀之间建立了一条“第二轨道”，合作的互信基础更加稳固。

蜀汉再派邓芝去吴国作正式访问。孙权对邓芝说:“天下从此太平，两位帝王分别治理自己的国家，岂不是乐事?”

邓芝回答:“天无二日，民无二王。如果有一天，我们联合消灭了曹魏，可是大王不能体认上天旨意(天命在汉)，那时候，君王各布恩德，群臣各尽忠心，恐怕战鼓将再擂起，战争不过刚刚开始!”

孙权闻言大笑:“你说得真是坦诚啊!”

三足鼎立是物理学上的稳定状态，但那是静态的;三国鼎立则是政治的、军事的，是动态的。孙、刘联手抗曹，有共同敌人，所以可以合作打赢赤壁之战。等到孙、刘反目，东西开战，联手抗曹的形势被破坏，而曹丕称帝后，更力图以军事统一全国，此时若吴、蜀依然相敌对，难保不被曹魏分别击破。

好在诸葛亮与陆逊头脑清楚，坚持联合抗魏大战略。再加上邓芝这样的优秀外交官，能不卑不亢，在孙权面前说出“各为其主，难免一战”，却又措辞典雅，完全不带硝烟，令人佩服。

【原典精华】

汉复遣邓芝聘于吴，吴主谓之曰：『若天下太平，二主分治，不亦乐乎？』芝对曰：『天无二日，土无二王。如并魏之后，大王未深识天命，君各茂其德，臣各尽其忠，将提枹鼓[1]，则战争方始耳。』吴王大笑曰：『君之诚款乃当尔邪！』

——《资治通鉴·魏纪二》

①枹鼓：战鼓。

⑨⑨ 七擒七纵

诸葛亮始终坚持执行他在“隆中对”提出的联孙抗曹（联吴制魏）大战略，这个战略因关羽的骄矜大意与刘备的小不忍，而乱了大谋。夷陵之战惨败，蜀汉失去了荆州，事实上严重影响“三足”的均衡，诸葛亮想出来的弥补方法，是采取主动攻势，对曹魏西边的关中施压。这样一方面维持鼎足的局面（迫使曹魏分兵防守西面），一方面增加东吴“联蜀”政策的红利，维持吴蜀紧密联盟。

采取主动攻势就要北伐，但在北伐之前，诸葛亮必须确保蜀汉的南方无忧。为此，他亲自领军南征叛乱的雍闿、孟获、朱褒等势力。

大军出发，参军马谡送行，出成都十里。诸葛亮说：“多年来，我们一同拟订策略，今天可有好建议要说给我听？”

马谡说：“南中（今云贵川交界区域）仗恃着路途遥远，山川险阻。今天将他们击败，明天又反了。你正准备北伐，与强敌周旋，蛮族一旦得到情报，得知京师（成都）空虚，就会加速叛乱。如果将他们全部屠杀，欲求杜绝后患，既失仁道，又耗时间。用兵之道，攻心为上，攻城次之，建议你设法让蛮族心服。”

诸葛亮听信了马谡的建议。大军一路连胜，击斩雍闿、高定。可是对于孟获，诸葛亮下令“一定要生擒”。不久果然生擒，孟获不服，说：“之前不明虚实，不小心战败。”诸葛亮笑着释放了孟获，要他卷土重来。结果演出“七擒七纵”，最后一次，诸葛亮又要释放他，孟获这回不走了，说：“阁下有天威，南人（南中蛮族）从此不再叛乱了。”

诸葛亮任命蛮族酋长担任郡县首长，有才干的、有影响力的都任命为官员——诸葛亮有生之年，南中再没有叛变过。

你没读到的三国

马谡显然不只是诸葛亮的普通“爱将”而已，事实上是一位高级参谋，而且确实有谋。可是后来“孔明挥泪斩马谡”，却是因为马谡贻误军机——总司令部高级参谋居然必须领兵出战，显示蜀汉缺乏战将，也就是所谓“蜀中无大将，廖化作先锋”的窘况。

设想，汉高祖刘邦手下，没有韩信，必须派张良出马，能赢得了项羽吗？

【原典精华】

亮曰：『虽共谋之历年，今可更患良规。』谡曰：『南中恃其险远，不服久矣；虽今日破之，明日复反耳。今公方倾国北伐以事强贼，彼知官势内虚，其叛亦速。若殄[1]尽遗类以除后患，既非仁者之情，且又不可仓猝也。夫用兵之道，攻心为上，攻城为下，心战为上，兵战为下，愿公服其心而已。』

——《资治通鉴·魏纪二》

①殄：tiǎn，尽、绝。

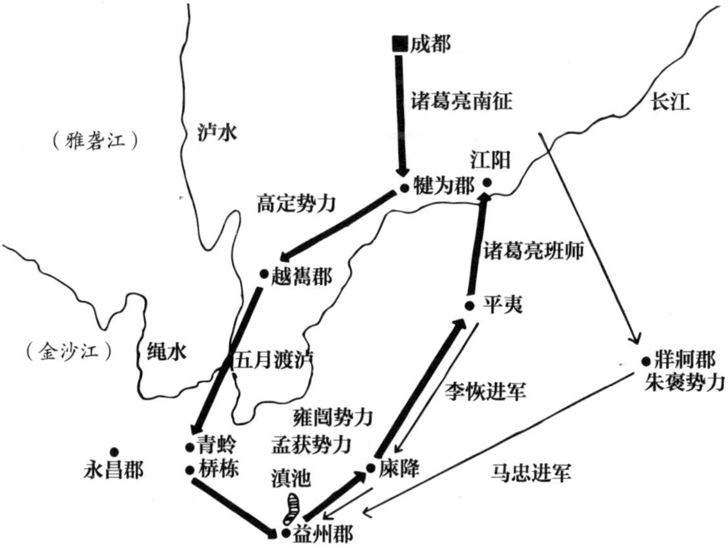

△诸葛亮南征（七擒七纵孟获）

㊀㊂ 孙权称帝

三国势力因吴蜀联合制魏而维持稳定——所谓稳定，是三国疆域的稳定，事实上战争不断，互有胜负，但没有大战役、大变化。

如此久战却三方皆无功的情况下，魏文帝曹丕去世，儿子曹叡继位（魏明帝）。三年后，吴王孙权终于正式登极称帝，史称吴大帝。

孙权朝会群臣，推崇已经过世的周瑜。老臣张昭举起笏板，正打算歌颂功德，还没开口，孙权先发言："当初如果听张先生的话，我早成了乞丐，今天还在（看曹家人脸色）讨饭!"

当初孙策将基业交给孙权，嘱咐"军事问周瑜，政事问张昭"。当曹操大军南下时，周瑜主战，张昭主张奉迎曹操。孙权的发言，正是针对这件事。张昭闻言大为羞愧，伏在地上，汗流浃背。回去立刻上表辞职，孙权改命他为辅吴将军，朝会时位置仅次于三公，并封他为娄侯，采邑一万户。

这，其实是一场君臣秀。

孙权当吴王跟当吴大帝，实质没有两样，可是吴王是“诸侯”，皇帝则是“主尊”。怎样才能让群臣感觉个中不同呢？于是辈分、地位都最高的张昭，配合演出了这么一幕。经此，群臣就知道“礼仪”改变了，以后都要向张昭“看齐”。

群臣乖了，可是张昭习惯未改。每次朝见，仍然言辞严厉，意形于色，甚至跟孙权吵嘴，干脆称病不上朝。孙权派使者去张昭家里，宣他进宫，张昭推说：“年纪大了，又有病在身。”就是不出门。

孙权也发火了，派工匠将张昭家的大门用砖头封起来。张昭也发牛脾气，命家人在门内也用砖头封住大门。最后是孙权放下身段，亲自去张宅“拜见”，张昭这下又惶恐了，到门前跪迎皇帝，然后一同进宫。

君臣坐定之后，张昭说：“从前，太后（孙权之母）和桓王（孙策）并不是把老臣托付给陛下，而是把陛下托付给老臣。”孙权连连道歉。

孙权受封为吴王，东吴才开始设置丞相。当时群臣都看好张昭，可是孙权却说：“现在国事繁剧，教他老人家做丞相，不是礼遇他，反而是劳累他了。”后来首任丞相孙邵去世，群臣又拥张昭为丞相，孙权这次干脆明讲：“此公脾气太大，所言不从，一定会生出岔子来，反而对他不好。”孙权之前以“兄弟会”模式领导东吴，称帝之后，巧妙地避免了“兄弟逾越”的情况发生。

【原典精华】

绥远将军张昭，举笏欲褒赞功德，未及言，吴主曰：『如张公之计，今已乞食矣。』昭大惭，伏地流汗。……昭坐定，仰曰：『昔太后、桓王不以老臣属[1]陛下，而以陛下属老臣，……』吴主辞谢焉。

——《资治通鉴·魏纪三》

①属：zhǔ，托付。

后记

历史走到这里，史书定义的“三国时代”才正式开始，因为从此才有三个皇帝同时存在。可是，“人才辈出的三国时代”却在此时结束，张昭的演出正是最佳见证：英雄碰到皇帝，若不低头当奴才，就会被杀头。

再次引述赵翼所言：“人才莫盛于三国，亦惟三国之主，各能用人，故得众力相扶，以成鼎足之势。”

赵翼所称“三国之主”，指的是曹操、刘备、孙权，而曹操、刘备至此都已去世，此后的孙权也因年事日高而愈形昏庸。

之后的三国，多的是昏君、暴君（如刘禅、孙皓），多的是权臣（如诸葛恪、司马师），大权在握而能忠心耿耿的只有一位诸葛亮，所以被杜甫誉为“万古云霄一羽毛”。

以次称得上英雄人物的，以作者的眼光，只有两个半：邓艾与姜维各是一个，诸葛诞只能算半个。

本书若要包括这两个半英雄人物，得再叙述很长一段历史，是以虽有遗珠，乃能无憾。

作者识